30,00

W0291740

10

MINUIT, HEURE DE L'HORREUR

J.B. STAMPER

Minuit, heure de l'horreur

Traduit de l'américain par
Josette Gontier

POCKET

Titre original :
Still More Tales for the Midnight Hour

Publié pour la première fois aux États-Unis
par Scholastic Inc. (New York)

Loi n° 49 956 du 16 juillet 1949 sur les publications destinées à la jeunesse : janvier 1994.

© 1989, by J.B. Stamper.

© 1994, éditions Pocket, pour la traduction française, avec l'autorisation de Scholastic Inc. (New York).

ISBN 2-266-05714-6

RUE DU CIMETIÈRE

Isabelle leva les yeux vers la plaque, au coin de sa nouvelle rue : « Rue du Cimetière ». Au bout du pâté de maisons, elle pouvait d'ailleurs le voir, avec toutes ses rangées de tombes, derrière sa haute grille de fer. Elle était maintenant bien habituée à cette vue. C'était exactement la même qu'elle avait depuis la fenêtre de sa chambre.

Un mois plus tôt, elle vivait encore dans une jolie demeure qui donnait sur un parc. Mais son père avait été muté dans cette ville, et la seule maison qu'ils avaient réussi à louer se trouvait dans cette rue. Les amis d'Isabelle avaient éclaté de rire quand elle leur avait donné sa future adresse. Ils avaient cru à une blague.

« Hé, ce n'est pas toi, la nouvelle ? » lança une voix derrière elle.

Elle se retourna et découvrit deux garçons et une fille qui arrivaient à bicyclette. Elle les reconnut aussitôt : ils fréquentaient son école.

En guise de réponse, Isabelle approuva d'un signe de tête et poursuivit son chemin.

« Qu'est-ce que ça fait d'habiter rue du Cimetière ? voulut savoir un garçon. Les fantômes te tiennent compagnie ? »

Isabelle se sentit rougir.

« Pas du tout ! répliqua-t-elle. De toute façon, ça m'est égal de vivre ici. »

Les garçons et la fille continuèrent à la suivre sur leurs vélos tandis qu'elle hâtait le pas en direction de sa maison.

« Je parie que tu n'es pas encore au courant de ce qu'on raconte sur cet endroit ! lui cria la fille. Il est hanté par un chat noir !

— Et tu penses que je vais te croire ? riposta Isabelle.

— Mais c'est la vérité, intervint l'un des garçons. Au milieu, il y a une grande tombe, avec la statue d'un chat noir posée dessus !

— Et alors, qu'est-ce que ça a d'effrayant ?

— La nuit, ce chat redevient vivant et hante le cimetière, dit la fille.

— Eh bien, moi, je ne crois pas à ces histoires de revenants !

— Je parie que tu n'oserais pas t'approcher du chat noir en pleine nuit ? » lança un garçon.

Isabelle le dévisagea.

« Pourquoi pas ? Ça ne me ferait pas peur !

— Alors, vas-y ! Si tu en es capable, prends-lui le collier de cuir qu'il a autour du cou, comme en ont les vrais chats ! insista la fille.

— Et rapporte-le-nous demain à l'école pour nous prouver ton super-courage, fit l'autre garçon.

— D'accord ! »

Aussitôt, Isabelle s'élança vers sa maison pour ne plus subir les airs moqueurs des trois copains. Elle allait leur montrer qu'elle n'était pas une poule mouillée ! Mais rien qu'à la pensée de s'aventurer seule dans le cimetière en pleine nuit, elle ne put réprimer un frisson. Elle se dit qu'il fallait absolument qu'elle récupère le collier en fin d'après-midi, avant qu'il ne fasse trop noir...

Sa maison était l'avant-dernière de la rue. Seule une vieille bicoque où personne n'habitait la séparait du cimetière.

Isabelle entra chez elle et jeta son cartable sur le banc du vestibule. Avant même qu'elle ait eu le temps de monter se changer dans sa chambre, sa mère arriva à son tour et lui annonça qu'elles iraient toutes deux en ville pour y faire des courses. Puis elles rejoindraient le père d'Isabelle à son bureau. Ensuite, ils dîneraient tous les trois au restaurant.

Isabelle protesta. En vain ! Dix minutes plus tard, elle se retrouvait dans la voiture de sa mère, s'inquiétant de l'heure à laquelle elle pourrait enfin mettre son projet à exécution.

Elle ne fut de retour chez elle qu'à dix heures. Vite, elle fila dans sa chambre, au premier étage, se mit en pyjama et, très nerveuse, alla regarder à la fenêtre. La lumière blanchâtre de la lune éclairait faiblement les tombes. Comment réussirait-elle à trouver la statue du chat noir ? Elle se le demandait...

Sa mère ne tarda pas à venir lui dire bonsoir. Isabelle s'allongea ensuite sur son lit et attendit que le silence soit total dans la maison. Quand il n'y eut plus un bruit, elle jeta un coup d'œil à son réveil. Il marquait onze heures trente-huit.

Elle retira en vitesse son pyjama, enfila un tee-shirt et un jean. Cela suffirait : pour une nuit de septembre, la température était encore douce. Elle prit la torche qu'elle utilisait pendant ses camps de vacances, descendit l'escalier avec mille précautions, puis sortit.

Voilà, elle était dehors. Elle ne pouvait plus reculer...

Elle se glissa dans l'obscurité, longea la vieille bicoque abandonnée, atteignit la grande grille en fer du cimetière. Elle préféra ne pas se servir de sa lampe. Elle ne voulait pas risquer d'être vue par un voisin... La pleine lune éclairait d'ailleurs suffisamment le gravier blanc des allées pour qu'elle trouve son chemin.

Elle poussa la grille, fit quelques pas. Soudain, le calme fut rompu par le cri sinistre d'un oiseau de nuit. Isabelle sentit son sang se figer dans ses veines. Jusqu'à présent, elle n'avait pas eu vraiment peur. Mais ce cri lui rappela que d'autres êtres veillaient la nuit, qu'ils l'épiaient sans doute. Elle alluma donc sa torche et lui fit décrire un large cercle autour d'elle. Le faisceau lumineux n'éclaira que de froides sépultures de marbre.

D'un pas rapide, Isabelle se dirigea vers l'endroit où était censé se trouver le chat noir. L'allée gravillonnée montait légèrement et, bientôt, elle se retrouva en haut d'une butte. La lumière des réverbères, dans les rues longeant le cimetière, lui fit comprendre qu'elle était parvenue au centre.

Elle braqua sa torche sur les tombes les plus proches. Un ange jaillit des ténèbres : il la fixait de ses yeux blancs. Elle en eut le souffle coupé. Et c'est alors qu'elle « le » vit.

Ombre parmi les ombres, le chat était tapi en haut de la stèle d'une immense sépulture de marbre blanc.

Les jambes tremblantes, Isabelle s'approcha de la statue. Le cri de l'oiseau vrilla de nouveau la nuit. Elle frissonna de la tête aux pieds, mais fit encore quelques pas. Et elle se retrouva aux pieds du chat qu'elle éclaira de sa torche.

Il était tout de marbre noir, à l'exception de ses yeux : deux perles vertes. Autour de son cou, comme l'avait dit la fille de l'école, il avait un collier de cuir.

Isabelle monta sur la marche de la pierre tombale pour pouvoir lire l'inscription gravée sur la stèle :

NE DÉRANGEZ PAS LES MORTS

Un instant, elle fut tentée de faire demi-tour, de fuir cette tombe et sa mise en garde. Mais, tout proche, il y avait le collier qu'elle était venue chercher. Alors, elle posa sa torche à côté du chat et passa ses deux mains autour de son cou.

Elle soupira de soulagement : la boucle du collier se défit sans problème. Or, à cette seconde, les douze coups de minuit commencèrent à sonner au clocher d'une église voisine.

Au premier coup, Isabelle sursauta si fort qu'elle faillit laisser tomber le collier.

Au quatrième, elle reprit en hâte sa torche et la braqua sur la tête du chat. Ce qu'elle découvrit la glaça d'horreur : les yeux verts brillaient comme ceux d'un chat en chair et en os. D'un chat vivant !

Au huitième coup de minuit, Isabelle sauta en bas de la tombe et... un miaulement rauque retentit juste au-dessus de sa tête.

Au douzième coup de minuit, incapable de maîtriser sa panique, elle courait à perdre haleine sur l'allée gravillonnée qui crissait sous ses pas. La lumière de sa lampe sautait devant elle. Elle avait beau essayer de se persuader qu'elle avait imaginé le miaulement du chat, rien à faire ! Quand, tout à coup, juste derrière elle, elle entendit la course feutrée d'un animal. Et un long feulement de colère s'éleva dans la nuit. Isabelle jeta un coup d'œil par-dessus son épaule et découvrit ce qu'elle redoutait le plus au monde désormais : deux yeux verts et brillants, tout proches !

Elle fila de plus belle vers la grille, la franchit. Sa maison, elle la voyait maintenant. Encore quelques mètres à franchir ! Elle accéléra l'allure, atteignit sa porte, eut du mal à tourner la poignée tant sa main tremblait, se précipita à l'intérieur, ferma le verrou à double tour et monta les escaliers quatre à quatre. Elle avait l'impression que son cœur allait exploser dans sa poitrine tant il battait fort.

Elle se réfugia enfin dans sa chambre. Elle était saine et sauve. À travers la vitre de la fenêtre fermée, elle entendit un chien hurler à la mort. Elle baissa les yeux sur ses mains tremblantes et vit le collier de cuir. En toute hâte, elle alla le jeter sur la plus haute étagère de son armoire. Puis elle se déshabilla, se mit en pyjama et s'assit sur son lit, à bout de forces.

Par la fenêtre, elle apercevait les formes fantomatiques des tombes, faiblement éclairées par la lune. Elle entendit une fois de plus le chien qui hurlait à la mort. Elle s'allongea, mais ce n'est que longtemps après qu'elle sombra dans le sommeil.

Isabelle fut réveillée en sursaut par un cauchemar épouvantable : un chat noir, assis sur sa poitrine, lui crachait au visage, prêt à la mordre.

Elle ouvrit les yeux, observa sa chambre plongée dans la pénombre. C'est alors qu'elle se souvint du collier. Elle alluma sa lampe de chevet, courut ouvrir l'armoire, chercha sur l'étagère du haut.

Le collier avait disparu !

Mais elle vit de profondes estafilades dans le bois de l'étagère.

Isabelle fit volte-face et, dans un cri, découvrit la vitre de la fenêtre. Elle avait volé en éclats !

Derrière, sur le rebord, se tenait... le chat noir qui la fixait de ses yeux verts, brillants, tellement vivants.

LE MUSÉE DE CIRE

« Il n'y a pas de quoi avoir peur ! s'exclama le plus âgé des élèves d'un air suffisant. Les gens que nous allons voir sont en cire, comme les bougies ! »

Pourtant, tous les garçons de ce collège anglais s'étaient tus et s'étaient serrés les uns contre les autres sans s'en rendre compte, comme pour se protéger d'un danger. Pendant que M. Archer, leur professeur d'histoire, payait les entrées à la caisse, ils commencèrent à s'acheminer dans l'étroit couloir obscur qui menait aux salles d'exposition.

« On m'a dit que tous les grands criminels de l'histoire sont réunis ici ! lança d'une voix nerveuse l'un des plus jeunes élèves. Il y a même Hitler ! »

Quelques exclamations s'élevèrent tandis que s'installait une sorte de malaise. Ils avaient tous entendu tellement de choses à propos de Hitler ! Mais, maintenant, ils allaient se retrouver face à lui. Et M. Archer affirmait que les statues de cire étaient des copies si fidèles des grandes figures de l'histoire que celles-ci donnaient l'impression d'être vivantes...

Parvenu au bout du couloir, le groupe s'arrêta devant une porte de bois. Un instant après, leur professeur les rejoignait d'un pas rapide.

« Bien, dit-il de sa voix grave. Nous allons commencer la visite. Le directeur du musée m'a laissé libre de choisir les salles où nous irons. Eh oui, je suis un vieil habitué ! Allez, on se met en rang deux par deux, et vite ! »

Il y eut quelques minutes de confusion, le temps de trouver le compagnon idéal. Puis la colonne se forma.

M. Archer remarqua que, comme d'habitude, Andrew et Robbie s'étaient mis ensemble. Décidément, ils étaient inséparables, ces deux-là ! Il se promit de les avoir à l'œil. Mais qui sait si, pour une fois, ils ne se tiendraient pas tranquilles.

« Allons-y ! » lança-t-il avec autorité.

Il ouvrit la porte sur une salle tout en longueur, plutôt étroite. De chaque côté de l'allée centrale se tenaient des personnages en costume d'époque. Les garçons n'en croyaient pas leurs yeux !

« Ils ont l'air de respirer ! souffla un élève. Ça me fait froid dans le dos...

— Hé, regardez ! lança un autre garçon en désignant du doigt un groupe d'hommes portant la toge. Là, c'est Jules César ! Il vient d'être poignardé par Brutus et ses amis !

— Tout ce sang..., frémit un troisième garçon. On dirait qu'il coule encore... »

M. Archer rit en lui-même tandis que ses élèves s'éparpillaient pour découvrir d'autres personnages historiques. Soudain, il aperçut Andrew et Robbie, près de la porte, en train de se chuchoter quelque chose.

« Hé, vous là-bas ! Voulez-vous venir ! » fit-il impatiemment.

Interrompant leurs confidences, les deux amis obéirent et se dirigèrent vers la scène reconstituant le meurtre de Jules César. Le corps de l'empereur était criblé de blessures. Ses yeux figés par l'épouvante fixaient ses assassins. Il avait déjà le visage convulsé par les affres de la mort.

« Brrr... Ça me donne la chair de poule, avoua Robbie.

— Pas moi ! répliqua son copain. Je trouve ça génial ! C'est comme si des gens morts depuis des siècles revenaient à la vie pour mourir encore.

— Tu as de drôles de goûts...

— Tu sais, dans ce musée, il n'y a que des scènes de ce genre ! Il va falloir t'y faire... Mais en tout cas, moi, j'aimerais bien que ce soit pire encore ! »

Les deux garçons sentirent le regard de M. Archer, lourd de méfiance, posé sur eux.

« Si on allait voir autre chose ? proposa Robbie en se détournant du corps ensanglanté de Jules César. Je n'ai pas envie de m'attirer des ennuis. »

Il s'arrêta bientôt devant un autre groupe de personnages de cire. Au centre, le roi Henri VIII avait les mains sur les hanches, le regard lointain. Derrière lui, un bourreau levait une hache bien aiguisée. Et sous la hache, Anne Boleyn, l'une des épouses d'Henri VIII, était agenouillée. Elle allait être décapitée sur ordre du souverain.

« Tu as vu la belle bague du roi ? murmura Andrew. Ça nous ferait un chouette souvenir !

— Tu es dingue ! souffla Robbie. Si tu continues comme ça, tu auras des histoires ! »

Andrew ne prêta aucune attention à l'avertissement de son camarade. Après s'être assuré que M. Archer regardait ailleurs et que les autres s'éloignaient dans l'allée centrale, d'un geste vif, il posa sa main sur celle du roi. Elle était froide. Et, en moins de temps qu'il ne faut pour le dire, il essaya de la subtiliser. Hélas ! elle resta coincée à la première phalange du doigt.

« Andrew ! Robbie ! appela M. Archer. Ne traînez pas ! Venez là ! »

Andrew eut juste le temps de retirer sa main de la bague. Son professeur n'avait rien vu ! Il jeta un dernier coup d'œil sur le visage du roi avant de partir.

Incroyable ! Celui-ci le fixait d'un regard dur.

Andrew fit quelques pas, se retourna... Les yeux du roi le suivaient !

« Je n'en reviens pas, avoua-t-il à son ami. J'ai eu l'impression que Henri, cette vieille barbe, n'avait pas l'air content !

— Arrête tes bêtises ! Tu vas nous attirer des pépins ! grogna Robbie.

— Ma parole, tu es un sacré froussard ! Je me demande si je ne vais pas devoir me trouver un nouveau copain ! »

Robbie secoua la tête si violemment qu'il faillit faire tomber ses lunettes ! Andrew était son seul ami : pour rien au monde, il n'aurait voulu le perdre.

Les deux garçons se hâtèrent de rejoindre le groupe.

« Qui connaît le nom de ce personnage ? » était en train de demander M. Archer.

Il désignait un homme à l'air renfrogné, de petite taille, qui avait glissé une main à l'intérieur de sa veste et qui se tenait debout devant une carte de l'Europe.

« Napoléon Bonaparte ! lança vivement l'un des élèves.

— Très bien ! le félicita M. Archer en lui adressant un large sourire. Il s'agit en effet de

Napoléon, ce grand conquérant que nous, les Anglais, avons finalement battu à Waterloo. Bon, continuons ! Dans la salle suivante, nous découvririons des scènes se rapportant à des périodes plus proches de la nôtre. »

Pour accéder à cette pièce, il fallait passer une ouverture masquée par de lourds rideaux de velours, ce qui provoqua un certain désordre... Robbie se dépêcha pour ne pas se laisser distancer, mais son ami le retint par la manche.

« Tu as vu ce que j'ai ! »

Il ouvrit la main sur un petit morceau de métal argenté.

« Une épingle ! dit Robbie. Tu l'as trouvée ici ?

— Non, chez moi, juste avant de partir. J'ai une idée. Si je...

— Non, arrête ! On va se faire prendre !

— Du calme ! Personne ne le saura. Je veux seulement vérifier que tous ces gens sont bien en cire... »

Après s'être assuré que personne ne le regardait, Andrew tendit le bras vers Napoléon, puis planta l'épingle dans le tissu de sa veste et l'enfonça dans son épaule gauche.

Robbie laissa échapper un petit cri aigu.

« Chut ! Qu'est-ce qui te prend ? lui reprocha son camarade en retirant l'épingle.

— Napoléon a bougé ! Je l'ai vu ! chuchota

Robbie. Quand tu l'as piqué, il a grimacé de douleur... »

Andrew lui adressa un regard méprisant.

« Je ne t'aurais jamais cru aussi trouillard ! Une vraie poule mouillée ! Regarde : il n'y a que de la cire, sur la pointe de l'épingle, pas une goutte de sang ! Ces gens ont peut-être l'air vivant, mais ce ne sont que des mannequins ! »

Robbie dut en convenir : seule de la cire blanche était restée sur l'épingle. Après un dernier regard sur Napoléon, il se mit à courir dans l'allée pour rejoindre M. Archer. Andrew cacha l'épingle dans sa poche et lui emboîta le pas.

Leur professeur s'était arrêté au milieu d'une immense salle circulaire. Sur le pourtour, il y avait des reconstitutions de scènes historiques. Lorsque les deux garçons retrouvèrent le groupe, ils n'entendirent que la fin des explications de M. Archer.

« ... et aujourd'hui encore, nous le considérons comme le monstre du XXe siècle.

— Hitler, annonça Robbie en désignant un homme à courte moustache, vêtu de l'uniforme brun des nazis.

— Bon, ajouta M. Archer, il y a des personnages bien plus intéressants à voir que lui. Je reste à votre disposition pour répondre à toutes vos questions. » Il consulta sa montre et annonça : « Mais, dans une demi-heure, nous reprendrons l'autobus. J'ai promis à monsieur le directeur d'être de retour au collège à trois heures et quart au plus tard.

— Moi, je ne suis pas pressé de rentrer, chuchota Andrew à l'oreille de Robbie. Mes parents ne sont pas là... Ils reviennent demain dans la matinée. Allez, viens, on va voir Hitler de plus près. »

Le reste de la classe s'était maintenant dispersé. Certains élèves s'étaient arrêtés devant Winston Churchill, d'autres devant le Mahatma Gandhi. D'autres encore regardaient Franklin D. Roosevelt ou commentaient la vie de John F. Kennedy, du général de Gaulle. Andrew et Robbie se retrouvèrent donc seuls devant Adolf Hitler et ses officiers.

« Même sa moustache paraît vraie ! s'exclama Robbie après avoir observé la courte moustache noire du dictateur.

— Tu crois qu'elle est en vrais poils ? demanda Andrew. Je vais vérifier... Retourne-toi et surveille les autres. Quand tu seras sûr que personne ne nous regarde, avertis-moi !

— Pourquoi ? s'inquiéta-t-il.

— T'occupe ! Fais ce que je t'ai dit ! »

Très nerveux, Robbie obéit. Au bout de quelques minutes, il constata que tout le monde avait le dos tourné.

« C'est bon », souffla-t-il.

Et il surprit son copain en train de tirer quelques poils de la moustache de Hitler.

« Il ne risque pas de la perdre ! » murmura Andrew.

Il fit une nouvelle tentative.

Soudain, Robbie sentit le sol se dérober sous lui. Andrew avait réussi à arracher des poils et la classe tout entière, M. Archer compris, les regardait !

« Qu'est-ce que vous fabriquez, tous les deux ! cria le professeur en courant vers eux.

— Rien, rien, monsieur », mentit Andrew.

Vite, il cacha sa main derrière son dos.

« Il m'a semblé... que le bras de Hitler bougeait, monsieur... balbutia Robbie.

— Tu as trop d'imagination ! » l'interrompit Andrew.

Le regard de M. Archer alla de l'un à l'autre des garçons, puis s'arrêta sur Hitler.

« Allons, ne sois pas ridicule, Robbie ! lança-t-il. Il ne s'agit que d'une statue de cire, tu le sais bien ! »

Et il tourna les talons en hochant la tête.

« Je t'assure, Andrew ! Il a bougé, insista Robbie d'une voix angoissée. Il a remué la main... juste au moment où tu lui as arraché des poils de sa moustache. J'ai même cru qu'il allait te frapper !

— Bien sûr, bien sûr ! railla Andrew. Alors, qu'est-ce que tu dis de ce souvenir ?

demanda-t-il en lui montrant la touffe de poils. Dommage que je n'aie pas réussi à piquer la bague d'Henri VIII ! »

Son visage s'éclaira d'un large sourire.

« Mais j'ai une idée ! Une idée géniale ! Et tu vas m'aider, Robbie.

— Laisse tomber, Andrew ! Oublie cette bague !

— Écoute, tout ce que tu auras à faire, ce sera de dire à M. Archer que je ne me sentais pas bien et que je suis rentré chez moi. Comme mes parents ne dorment pas à la maison, je vais en profiter pour passer la nuit dans le musée.

— Quoi ?

— Oui, je vais rester ici toute la nuit. Tu imagines tout ce que je vais pouvoir faire sans personne pour me surveiller ! »

Après un bref regard sur la salle, Andrew s'approcha d'un mur recouvert de tentures de velours.

« Il y a assez de place : je vais me cacher ici, chuchota-t-il. Tu n'as plus qu'à me couvrir ! À toi de décider maintenant si tu veux ou non rester mon ami !

— D'accord, d'accord... »

Andrew se glissa rapidement derrière le rideau de velours. Résigné, son camarade rejoignit son professeur. Il allait lui raconter un beau mensonge.

Andrew se réveilla en sursaut. Pendant quelques secondes, il se demanda où il était. Puis tout lui revint à l'esprit. Il se trouvait au musée de cire, il s'était caché derrière les rideaux... Sans doute, à cause de la chaleur, s'était-il assoupi. Entrouvrant la tenture, il risqua un œil dans la salle seulement éclairée par les faibles lumières des veilleuses ! Il regarda sa montre. Minuit et deux minutes ! Il se demanda ce qui pouvait l'avoir réveillé. À cet instant précis, de petits coups secs résonnèrent, comme frappés sur du bois. Il se tourna en direction de la statue de Hitler. Andrew sursauta, et son corps tout entier fut aussitôt submergé par l'horrcur.

Hitler, avec une baguette de bois, tapait sur sa table tout en s'adressant à ses officiers. Andrew se pinça très fort, il voulait être sûr qu'il n'était pas en train de faire un abominable cauchemar. C'est alors qu'il remarqua les yeux de Hitler, profonds, perçants, posés sur lui. Puis, le dictateur lâcha un cri et aboya des ordres. Glacé de terreur, Andrew vit ses officiers s'animer, quitter leur estrade et se diriger sur lui.

Il se précipita comme un fou vers la sortie. Jetant un coup d'œil derrière lui, il aperçut Hitler qui le suivait d'un regard dur et moqueur à la fois. Sur son visage livide, juste au-dessus de la lèvre supérieure, là où il avait arraché la moustache, il y avait une marque rouge...

Andrew courut aussi vite que possible le long de l'étroite allée, son cœur battant à coups redoublés. Il fourra sa main dans sa poche, en tira la touffe de poils qu'il y avait cachée et la lança sur le parquet.

Le martèlement des bottes se rapprochait. D'un moment à l'autre, ses poursuivants allaient le rattraper ! En tournant au coin d'une allée latérale, il réussit à gagner du terrain. Quand, soudain, il se retrouva devant la statue de Napoléon. D'un geste lent, l'empereur retira la main de sa veste, la posa sur le pommeau de son épée qu'il sortit de son fourreau et sauta à bas de l'estrade. Andrew en eut un haut-le-cœur.

Il se souvint de l'épingle, cette épingle avec laquelle il avait piqué le personnage de cire. Mais cette fois il n'était plus question de cire... La statue vivait. Napoléon était bien vivant ! En un instant, il fut derrière le garçon qui redoubla d'efforts pour lui échapper.

Il entendait derrière lui le souffle court de l'empereur, il entendait aussi le sifflement de son épée. Il sentait l'air froid qu'elle déplaçait, là, sur sa nuque. Respirant avec peine tant il courait, il n'avait plus qu'une idée : atteindre l'entrée du musée. Qui sait, peut-être y aurait-il quelqu'un ! Un gardien de nuit, par exemple ! Ou peut-être n'aurait-il qu'à sauter par une fenêtre pour se mettre à l'abri. Et s'il lui suffisait de franchir la porte pour que cet horrible cauchemar prenne fin ?

C'est alors qu'un personnage de haute stature jaillit de l'ombre. Cette fois, Henri VIII lui barrait la route ! Un sourire cruel aux lèvres, il le désigna du doigt...

Le lendemain matin, Robbie conduisit M. Archer et un gardien à travers le musée. Il n'avait pu fermer l'œil de la nuit tant il s'était inquiété pour son ami. Il avait fini par téléphoner à son professeur et lui avait avoué la vérité.

Le gardien alluma toutes les lampes et Robbie se précipita vers la salle où Andrew s'était caché. Mais quand il passa devant Henri VIII, il s'arrêta net et poussa un hurlement.

Anne Boleyn n'était plus agenouillée sous la hache du bourreau d'Henri VIII. Andrew, le visage figé dans une expression de terreur, avait pris sa place. Robbie avança une main vers lui, mais la retira aussitôt. Ses doigts venaient de se poser sur le visage de son ami. Un visage froid, lisse... comme de la cire.

TAILYPOU

Il y a un territoire dans les montagnes où ne vivent que très peu d'habitants. Les forêts qui l'entourent sont profondes et sombres. Un épais brouillard s'accroche souvent aux pics rocheux et descend envahir les vallées. Et l'on dit la région hantée par d'étranges créatures quand vient la nuit...

Au fin fond de ces forêts profondes et sombres, au milieu d'une petite clairière, se dresse une vieille cabane. C'est là que vivait depuis une soixantaine d'années un certain Jake. Il ne voyait presque jamais personne et ses seuls amis étaient trois chiens de chasse. Ils avaient l'habitude de dormir sous un abri de bois, à l'extérieur de la cabane.

Une nuit, peu avant l'arrivée du printemps, Jake s'assit près de sa cheminée, fixant des yeux son chaudron où mijotait une soupe de haricots. L'hiver avait été rude. Ses provisions touchaient à leur fin. Il avait l'impression que son estomac était aussi petit que l'un de ces haricots qui cuisaient sous ses yeux. Ses chiens, à force de privations, n'avaient plus que la peau sur les os.

Comme Jake approchait sa cuillère du chaudron, il sentit un souffle d'air froid sur son cou. Il frissonna. Pourtant il avait soigneusement fermé la porte... Il avait si faim qu'il ne s'en inquiéta pas vraiment et plongea sa cuillère dans le chaudron. Mais, avant même qu'il ait pu se servir, une tornade glacée envahit sa cabane. Cette fois, il sentit comme des griffes acérées autour de son cou. Il se retourna vivement sur sa chaise.

Ses yeux s'écarquillèrent de terreur, il lâcha sa cuillère qui tomba sur le sol avec un bruit mat. Là, à quelques pas de lui, se tenait la créature la plus effroyable qui se puisse imaginer. Elle avait des yeux d'un jaune luisant qui semblaient se consumer comme sous l'effet d'une étrange fièvre. La tête de la créature faisait penser à celle d'un loup, à l'exception des oreilles, très longues et pointues. Quant à son corps, de taille à peu près identique à celui des chiens, il était recouvert d'une fourrure drue, couleur de feu. Mais le plus singulier, c'était sa longue queue épaisse enroulée tout autour de son corps.

Une minute durant, Jake resta sur sa chaise, pétrifié, tandis que la bête, le regard mauvais, demeurait tapie sur le sol, prête à bondir. L'un et l'autre se mesuraient du regard.

Tout à coup, d'un geste vif, Jake s'empara de son couteau posé sur la table. La créature prit son élan et sauta en direction du trou qu'elle avait percé dans le mur de la cabane. Certes, elle était rapide, mais Jake ne l'était pas moins : son couteau s'abattit sur l'épaisse et longue queue qui s'était déployée et la trancha net.

Un terrible hurlement s'éleva dans la nuit, et la bête disparut dans les forêts profondes.

Jake contempla la longue queue qui gisait sur le plancher de la cabane. Il entendit son ventre gargouiller de faim. C'était de la viande, après tout, et il y avait des semaines et des semaines qu'il n'en avait pas mangé...

Bientôt, une grosse marmite remplie d'eau bouillait sur le feu. Jake y plongea la queue, la laissa cuire aussi longtemps qu'il le fallait et la mangea pour son souper. Elle avait un goût un peu bizarre, mais il y avait en elle suffisamment de chair pour bien se remplir l'estomac. Et même celui des trois chiens : Jake leur jeta les restes. Tandis qu'il les regardait se délecter, il repensa à l'étrange créature. Il décida de garder ses bêtes près de lui cette nuit-là.

Avant d'aller se coucher, il colmata le trou dans le mur avec du bois et des chiffons. Puis il s'étendit sur son lit, et ses trois fidèles compagnons s'allongèrent sous le sommier.

Malgré sa fatigue, Jake ne parvint pas à trouver le sommeil. Son estomac gargouillait.

Sans doute à cause de son dîner peu commun... Dehors, le vent soufflait en tempête et des rafales secouaient la cabane.

Soudain, il y eut des bruits de l'autre côté de sa porte. Comme si des griffes en attaquaient le bois ! Et, dominant les hurlements du vent, une voix à donner la chair de poule s'éleva :

« Tailypou, Tailypou, rends-moi mon Tailypou ! »

Jake sauta de son lit. Les griffes derrière la porte grattaient de plus en plus fort tandis que l'étrange voix répétait :

« Tailypou, Tailypou, rends-moi mon Tailypou ! »

Sous le lit, les chiens grondaient. Jake les siffla, courut ouvrir la porte et les libéra pour qu'ils chassent la créature.

Il y eut des cris et des hurlements dans la sombre et profonde forêt. Jake les écouta et attendit. Dix minutes plus tard, deux de ses chiens étaient de retour à la cabane, hors d'haleine. Il eut beau appeler le troisième, jamais il ne revint.

Alors, il verrouilla sa porte et retourna au lit. Ses deux chiens se réfugièrent dessous. Une fois de plus, son estomac se mit à gargouiller. Le vent continuait à hurler autour de la cabane.

Tout à coup, Jake entendit des bruits de l'autre côté de sa porte. Des griffes lacéraient de nouveau le bois ! Et la voix à donner la chair de poule se fit entendre à nouveau :

« Tailypou, Tailypou, rends-moi mon Tailypou... »

Jake s'enfonça dans son lit, se recouvrit la tête avec ses couvertures. Mais la voix reprit, plus fort encore :

« Tailypou, Tailypou, rends-moi mon Tailypou. Tu me l'as pris, je le sais, rends-moi mon Tailypou. »

Les deux chiens sous le lit grondaient. Jake les siffla, courut leur ouvrir la porte, et les deux bêtes s'élancèrent derrière la créature.

Il y eut d'autres cris, d'autres hurlements déchirants. Jake les écouta et attendit. Bientôt, il ne vit revenir qu'un seul de ses chiens. Il poussa un cri plaintif lorsque son maître le laissa entrer, puis il alla se cacher sous le lit.

Jake verrouilla la porte et se coucha. Mais à peine eut-il fermé les yeux que le bruit des griffes sur la porte recommença et l'étrange voix s'éleva une fois encore :

« Tailypou, Tailypou, rends-moi mon Tailypou. »

Jake se releva et siffla son chien. Mais celui-ci gronda sous le lit et ne voulut pas sortir. Son maître réussit enfin à le faire bouger de là et le lança aux trousses de la créature.

Il y eut un bref hurlement, suivi d'un long cri rauque. Jake écouta et attendit. Dix minutes plus tard, il sortit de chez lui et appela son chien. Mais il ne revint pas...

Jake rentra précipitamment, verrouilla sa porte, et se coucha. Un frissonnement incontrôlable agitait son corps tout entier que les couvertures ne parvenaient pas à réchauffer. Il attendit, attendit. Le vent hurla de plus en plus fort autour de la cabane. Jake tendait l'oreille, guettant le bruit des griffes sur la porte et la voix à donner la chair de poule. Mais seul le vent hurlait.

Jake attendit encore et écouta encore, et finit par s'endormir.

Brusquement, il se réveilla. Des griffes s'acharnaient sur du bois ! Mais, cette fois, le bruit était plus proche et plus fort. Il scruta la pénombre et découvrit... deux yeux jaunes et luisants qui le fixaient au bout de son lit. La créature était assise, là, griffant et lacérant le pied du lit. Elle criait :

« Tailypou, Tailypou, rends-moi mon Tailypou !

— Je... Je... Je ne l'ai plus... », bégaya Jake.

La créature bondit sur le lit. Sa tête n'était qu'à quelques centimètres de Jake.

« Tailypou, Tailypou, rends-moi mon Tailypou. Tu me l'as pris, je le sais. Rends-moi mon Tailypou ! »

Personne n'a jamais revu Jake.

Une chanson des montagnes raconte que, si vous êtes seul la nuit dans cette région et que vous tendez l'oreille, vous entendez une voix étrange, à donner la chair de poule, qui crie à tous vents :

« Tailypou, Tailypou, j'ai retrouvé mon Tailypou. J'ai retrouvé ma longue queue... »

L'AVERTISSEMENT DU JARDINIER

Peter était arrivé à l'auberge de Greenfield depuis un jour seulement quand il entendit cette histoire. Le vieil homme qui la lui raconta avait un comportement étrange, mais l'histoire elle-même était plus étrange encore. Peter avait beau ne croire ni aux fantômes ni aux maisons hantées, il avait quand même été impressionné.

Le vieil homme, un certain Charlie, l'avait averti qu'il ne devait s'approcher sous aucun prétexte d'une maison abandonnée qui se trouvait non loin d'ici. En effet, au cours des cinq dernières années, cinq garçons et filles s'y étaient rendus et tous s'étaient volatilisés. Une seule explication à cela : la demeure avait des pouvoirs diaboliques !

Debout sur la terrasse de l'auberge où il était arrivé la veille avec ses parents, Peter soupira. Il n'avait qu'une envie : rentrer chez lui. Ses parents avaient roulé des heures et des heures pour venir passer quatre jours dans ce coin perdu de Nouvelle-Angleterre, juste pour assister au magnifique spectacle de la chute des feuilles d'automne !

Mais admirer des feuilles était une distraction dont Peter se serait volontiers passé ! Et il n'arrivait pas à chasser de son esprit l'histoire que lui avait racontée Charlie, le jardinier de l'auberge. Une chose encore le chagrinait : ce dernier, dès son arrivée, avait remarqué ses cheveux. Lui qui détestait par-dessus tout qu'on s'intéresse à sa crinière rousse !

Charlie lui avait dit également qu'il ne mettait pas en garde tous les garçons et les filles qui passaient à l'auberge, mais qu'il s'était senti obligé de le faire pour lui. Allez savoir pourquoi ! Il avait encore précisé que les propriétaires de l'auberge ne soufflaient jamais mot de la disparition des cinq enfants. Ils avaient bien trop peur de faire fuir leurs clients !

Peter décida qu'il ne pouvait rester une seconde de plus sur la terrasse à se tourner les pouces. Alors, sans plus attendre, il dévala les marches de l'escalier, descendit l'allée qui menait hors de la propriété. Ses parents ne risquaient pas de s'inquiéter de lui : ils étaient partis se promener dans les bois une heure plus tôt, avec une paire de jumelles, dans l'espoir de rencontrer quelques oiseaux rares. Malgré leur insistance, Peter avait réussi à échapper à cette balade. Observer les oiseaux ne l'intéressait pas le moins du monde. Pas plus que les feuilles rouges, orange, jaunes et mordorées qu'il écrasait maintenant sous ses chaussures !

À une centaine de mètres de l'auberge, l'allée se divisait en deux. À gauche, il y avait la route que son père avait empruntée pour venir jusqu'ici, et, à droite, un sentier qui s'éloignait entre les arbres. Peter frémit légèrement en réalisant qu'il s'était engagé dans la voie de droite : celle-là même qui conduisait à la vieille maison dont Charlie lui avait conseillé de ne pas approcher...

Sur le sentier, les feuilles s'amassaient, en un tapis intact, comme si jamais personne n'était passé par là avant lui. Peter poursuivit son chemin sans encombre. Soudain, il eut la sensation étrange d'une présence derrière lui, sur sa nuque. Il fit volte-face : seules deux feuilles rouges se rapprochaient lentement du sol en voltigeant au gré du vent.

Peter marcha encore un quart d'heure. Il eut beau se retourner, il ne vit rien d'autre que des arbres et des feuilles. Il commençait à se demander si le jardinier ne lui avait pas raconté une blague, à lui, un gamin de la ville, quand il déboucha sur une clairière. Là, juste au milieu, se dressait une maison de pierres grises, à demi en ruine. Une de ces maisons que l'on ne voit que dans les films d'horreur ! La maison précisément dont Charlie avait parlé !

À cette seconde, un tourbillon de feuilles mortes virevolta devant Peter alors qu'un nuage masquait le soleil. Les feuilles perdirent leurs belles couleurs, la maison sembla jeter un voile d'ombre sur tout ce qui l'entourait.

Repoussant la panique qu'il sentait naître en lui, Peter se força à se rapprocher de la maison. Elle avait trois étages et une galerie qui courait tout autour, à moitié effondrée à un angle. La plupart des fenêtres étaient cassées, les volets grinçaient et bringuebalaient sur leurs gonds.

« Voilà de quoi épater mes copains ! » songea Peter en imaginant la tête qu'ils feraient lorsqu'il leur parlerait de sa découverte. Mais ils lui demanderaient aussi s'il l'avait visitée. Et s'il répondait que non, ils le traiteraient de froussard... Ils auraient bien raison !

Peter s'efforça de ne pas trop penser et se dirigea vers la maison à grandes enjambées. Hélas, les paroles du jardinier lui revinrent à l'esprit... Au fur et à mesure qu'il se rapprochait de la bâtisse, cette histoire invraisemblable lui paraissait plus vraie, plus réelle. Il hésita à poser le pied sur la première marche de l'escalier qui menait à la galerie extérieure.

Le vent était tombé. Il n'y avait plus un bruit, si ce n'est, par intermittence, le cri d'un oiseau dans les arbres. Peter restait là, indécis, quand soudain il crut entendre un bruit ténu dans la maison. Un bruit qu'il n'arriva pas à identifier. Juste après, une sensation bizarre l'envahit. C'était comme si une force mystérieuse l'entraînait vers la maison ou comme si quelque chose le poussait à y entrer. Malgré lui, contre sa propre volonté, il leva son pied droit et le posa sur la première marche. Mais il se ressaisit. Il cria, pivota sur ses talons et s'enfuit à travers bois. Dans sa course folle, ses vêtements s'accrochèrent aux branches, se déchirèrent, il fut bientôt couvert d'égratignures. Peu lui importait ! Dix minutes plus tard, il arrivait à l'auberge et retrouvait ses parents installés sur la terrasse.

« Que t'est-il arrivé ? s'étonna sa mère.

— Rien... Absolument rien... », bafouilla-t-il.

Son cœur battait à tout rompre.

Le lendemain, de nouveaux clients arrivèrent à l'auberge. Assis sur la terrasse, Peter les regarda décharger leurs bagages. Il découvrit, parmi les nouveaux venus, une famille, avec deux garçons à peu près du même âge que le sien. Ils le rejoignirent et se présentèrent : Brian, un grand gaillard maigre de quatorze ans aux cheveux noirs ; Jeff, son frère, de deux ans son cadet, petit, trapu et blond comme les blés. Peter remarqua que le vieux jardinier les observait depuis la pelouse tout en continuant à ratisser les feuilles mortes.

« Qu'est-ce qu'il y a à faire ici ? demanda Jeff. Nos parents ont tenu absolument à ce qu'on vienne admirer les sublimes couleurs de l'automne ! En deux minutes, c'est terminé ! alors, on fait quoi maintenant ?

— Il n'y a même pas de télé dans notre chambre, se plaignit Brian. Je n'arrive pas à croire que nous allons rester coincés dans ce trou pendant deux jours !

— Dis-moi, Peter, comment tu t'occupes ? voulut savoir Jeff. Tu écoutes le chant des petits oiseaux ? »

Peter se leva de sa chaise. Il avait de quoi impressionner ces deux garçons !

« Hier, je suis allé dans une maison hantée... Toute proche d'ici ! J'en tremble encore !

— Quoi ? Tu crois à ce genre de trucs ? s'étonna Jeff, moqueur. Moi, pas du tout ! »

Peter se sentit rougir jusqu'aux oreilles.

« Je vous montrerai où elle se trouve. Vous verrez par vous-mêmes.

— Super ! s'écria Brian. Rendez-vous devant la porte de l'auberge dans cinq minutes. Juste le temps d'aller chercher une veste ! »

Tandis que les deux frères filaient vers leur chambre, Peter regarda le vieux jardinier. Il ratissait toujours les feuilles mortes. Pourquoi n'était-il pas venu parler de la maison hantée à Brian et à Jeff ? Peter se le demandait vraiment.

Une demi-heure plus tard, il attendait encore à la porte de l'auberge et s'impatientait de ne pas voir revenir les deux frères. Il donna un coup de pied rageur dans un tas de feuilles. Il n'avait pas la moindre envie que Charlie vienne rôder par ici. Il ne voulait pas qu'il les voie partir du côté de la maison hantée.

Enfin, la porte claqua avec fracas. Jeff et Brian dévalèrent les marches du perron.

« Allez, Peter, montre-nous le chemin ! » crièrent-ils.

Les trois garçons se mirent à courir aussi vite qu'ils purent et atteignirent bientôt la bifurcation de l'allée. Ils s'engagèrent sur le chemin de droite, Peter en tête, les deux autres le suivant de près. Quand le sentier se fit plus étroit, ils ralentirent l'allure et finirent par marcher normalement.

« C'est une blague, hein, ta maison hantée ? » demanda Jeff.

Sous leurs pieds, le tapis de feuilles était de plus en plus épais.

« On approche », déclara Peter.

Il savait que la maison n'était plus loin, à quelques minutes seulement, parce que déjà sa gorge se nouait d'anxiété.

Ils ne tardèrent pas en effet à déboucher sur la clairière. La vieille demeure se détachait, tel un géant monstrueux, sur l'écran coloré des arbres. Peter sentit un grand froid envahir ses jambes.

« Ma parole ! souffla Jeff. Elle a vraiment l'air hantée !

— Allons-y ! » lança Brian en se précipitant vers le perron.

Jeff s'élança derrière lui.

« Non ! Attendez ! » hurla Peter.

Il n'avait pas bougé, il était resté planté à l'orée de la clairière. Les deux garçons se retournèrent et le dévisagèrent.

« Qu'est-ce qui t'arrive ? Tu as la trouille ? lui demanda Jeff.

— À votre place, je n'irais pas plus loin ! » les avertit Peter.

Sur un rire moqueur, les deux frères reprirent leur course et grimpèrent quatre à quatre l'escalier. Brian arriva le premier devant la porte d'entrée. Il saisit la poignée, la fit tourner, puis donna un coup d'épaule dans le panneau de chêne. La porte s'ouvrit dans un grincement sinistre.

Peter risqua quelques pas vers eux. Les deux frères se retournèrent et se moquèrent à nouveau de lui, puis s'engouffrèrent dans la maison.

Peter sentit son front se couvrir de sueur. Il était incapable du moindre mouvement, ne pouvant ni avancer ni reculer...

Dix minutes s'écoulèrent et les deux garçons ressortirent de la maison, couverts de poussière et de toiles d'araignées.

« Tu appelles ça une maison hantée ? pouffa Jeff. Ce n'est qu'une bicoque pleine de vieux meubles, un vrai capharnaüm, et rien d'autre !

— Pourquoi n'es-tu pas venu avec nous ? ajouta Brian. Ne me dis pas que tu as réellement peur de cette maison !

— Venez, il faut que je rentre, dit Peter en reprenant le chemin de l'auberge.

— Quel froussard ! persifla Jeff dans son dos.

— Une vraie poule mouillée ! » renchérit Brian.

Le jour suivant, Jeff et Brian ignorèrent Peter. Celui-ci savait bien ce qu'ils pensaient de lui, et il commençait à se dire qu'ils n'avaient pas tout à fait tort. Il essaya de se raisonner : pourquoi avoir peur d'entrer dans cette vieille maison, puisque les deux autres l'avaient fait et qu'il ne s'était rien passé ? C'était stupide ! Il avait trop d'imagination, il ne devait pas croire un traître mot de l'histoire abracadabrante du jardinier...

D'un geste nerveux, Peter repoussa une mèche de ses cheveux roux qui tombait sur son front. C'était décidé : il retournerait là-bas. Il se prouverait à lui-même qu'il n'était pas une poule mouillée. Et, à son retour, il ne manquerait pas de raconter à Jeff et à Brian ce qu'il avait fait. Peut-être même leur rapporterait-il un objet de la maison, comme preuve de sa bonne foi.

En sortant de l'auberge, Peter leva le nez en l'air. Des nuages gris s'accumulaient dans le ciel de cette fin d'après-midi. Un vent glacial soufflait, qui transperçait son pull-over et emportait des feuilles en tourbillons. Le sentier conduisant à la maison « hantée » lui sembla différent de la veille. Certains arbres qui le bordaient étaient maintenant presque totalement dépouillés de leurs feuilles et se dressaient tels des squelettes. Les bouleaux blancs qui vibraient dans le vent faisaient penser à des spectres frissonnants. Peter enfonça les mains dans ses poches et lança un coup de pied dans les feuilles mortes. Bon sang ! Pourquoi Charlie était-il allé lui raconter une histoire pareille ?

Peter se mit à courir pour se réchauffer. Le plus tôt il arriverait là-bas, le plus tôt il en repartirait ! En un temps record, il déboucha dans la clairière. La maison était là, devant lui...

Tout comme la veille, il sentit un grand froid envahir ses jambes. La maison paraissait voûtée sous le poids du ciel gris. Elle n'en semblait que plus diabolique.

Au prix d'un rude effort, Peter s'obligea

à marcher vers elle. Il croisa les bras sur sa poitrine pour s'empêcher de trembler. Pas à pas, lentement, il se rapprocha de l'escalier qui conduisait à la porte d'entrée.

L'avertissement du jardinier résonnait dans sa tête, mais, se maîtrisant, il s'efforça de l'ignorer. Il ne pouvait plus s'arrêter maintenant. Parvenu au pied de l'escalier, il lui sembla entendre, venant de la maison, le même bruit léger et bizarre qui l'avait effrayé deux jours plus tôt.

Et la panique s'empara de lui. Il retint son pied sur la première marche de l'escalier. Mais il était trop tard !

Il se sentit empoigné par deux bras invisibles qui le tirèrent jusqu'en haut des marches. Devant lui, la porte s'ouvrit, comme poussée par une main elle aussi invisible. Et il fut entraîné dans la maison.

Impossible de s'échapper ! La porte venait de claquer derrière lui !

Peter, terrifié, regarda autour de lui. Dans la pénombre de la pièce, cinq visages livides le fixaient. Alors seulement il comprit l'avertissement du jardinier.

Les enfants fantômes avaient tous les cinq... des cheveux aussi roux que les siens !

LA VENGEANCE DU FANTÔME

Cela se passait dans les années 1860...

De jeunes soldats du sud des États-Unis, à bout de forces, marchaient le long d'une route. Leurs uniformes tachés de sang étaient en lambeaux. Ces Confédérés sudistes étaient pourtant les heureux survivants de la terrible bataille qu'ils venaient de perdre contre les Nordistes, les soldats de l'Union. Un grand nombre de leurs compagnons gisaient sur le champ de bataille.

William Compton, un jeune lieutenant, chevauchait le long de la colonne. Il venait de vivre sa première expérience de la guerre, et il en gardait des images qu'il aurait voulu oublier. Maintes fois, il avait senti la mort rôder près de lui. Heureusement, il lui avait échappé.

William releva les yeux de la route poussiéreuse. Une voiture tirée par deux chevaux croisait la file de soldats. À l'intérieur, il aperçut une jeune fille d'une grande beauté. Lorsque leurs regards se rencontrèrent, elle lui sourit.

Longtemps après, Lucy Potter souriait encore. Elle avait été fascinée par le jeune officier. Malgré ses traits tirés et le piteux état de son habit, il avait fière allure. Quant à lui, il l'avait manifestement trouvée très belle, comme tous les jeunes gens qui avaient eu l'occasion de la regarder. Lucy venait d'avoir dix-sept ans et passait des heures à se contempler dans son miroir.

Cahotant sur la route défoncée, la voiture emportait Lucy vers le domaine de Thomas Potter, son oncle, un riche planteur. Elle avait dû fuir la ville où elle était en pension car les troupes de l'Union menaçaient d'attaquer. Son oncle et sa tante — la seule famille qui lui restait depuis le décès de ses parents, morts lors d'une épidémie trois ans plus tôt — lui avaient offert de l'héberger.

Lucy passa la tête par la fenêtre de sa voiture pour regarder une dernière fois les soldats. Pour elle, la guerre n'était qu'un jeu passionnant. Elle trouvait que tous ces courageux jeunes gens ne manquaient pas de panache dans leurs uniformes. Elle espérait épouser bientôt un beau et riche garçon. Peut-être l'un de ces courageux combattants...

Lorsque Lucy arriva chez son oncle, les ombres de la nuit enveloppaient déjà la demeure aux colonnades blanches. C'était une vaste et riche maison, de style colonial, à l'opposé de la modeste maisonnette où elle avait grandi. Tout en s'approchant du domestique qui tenait ouverte la grande porte d'entrée, Lucy souhaita vivre éternellement dans la même aisance que son oncle. Mais, pour cela, il lui faudrait trouver absolument un mari fortuné !

Thomas Potter et son épouse accueillirent leur nièce avec chaleur, puis lui montrèrent sa chambre. Ils ouvrirent en grand les portes d'une armoire qui regorgeait des superbes toilettes ayant appartenu à sa cousine Éléonore, décédée elle aussi lors de la même épidémie qui avait emporté ses parents.

Ce soir-là, avant de se coucher, Lucy essaya plus d'une robe : l'image que lui renvoya le miroir la fit sourire de plaisir. Une nouvelle vie commençait pour elle !

Au milieu de la nuit, des coups retentirent à la porte. Thomas Potter s'empressa d'aller ouvrir. Devant lui, se tenait un capitaine des Confédérés, harassé de fatigue, qui lui demanda l'autorisation de rester jusqu'au matin sur les terres du domaine. M. Potter accepta de bon cœur et offrit même des chambres à l'officier et à ses lieutenants.

Le lendemain matin, Lucy descendit prendre son petit déjeuner. Elle portait une robe de soie rose qui mettait en valeur sa peau si blanche et ses yeux d'un bleu profond. En entrant dans la salle à manger, elle resta interdite. Là où elle ne s'attendait à trouver que son oncle et sa tante, se tenaient quatre jeunes gens et un homme d'âge mûr. Tous portaient l'uniforme gris des officiers des Confédérés.

« Je vous présente ma nièce, Lucy », annonça Thomas Potter.

Tandis que les officiers se levaient pour la saluer, son oncle les lui présenta. Lucy les salua d'un signe de tête et d'un sourire.

Soudain, son cœur bondit dans sa poitrine. Le lieutenant qu'elle avait croisé la veille était là ! Elle l'aurait reconnu parmi cent autres ! Mais aujourd'hui, reposé, vêtu d'un habit impeccable, il était encore plus beau qu'hier.

Lucy prit place à la table ornée de porcelaines de Chine et d'argenterie finement ciselée. Durant le repas, tandis que son oncle et ses invités commentaient l'extension de la guerre, elle remarqua que William Compton posait souvent ses yeux sombres sur elle. Elle rougit légèrement à ce compliment voilé.

« Faites-nous l'honneur de rester parmi nous jusqu'à ce que vous receviez des ordres, déclara M. Potter au capitaine.

— Je vous remercie, répondit ce dernier. Mes hommes ont grand besoin de repos. Ils ont tant donné d'eux-mêmes pour la guerre... »

Le visage du lieutenant Compton rayonnait

de joie. Lucy s'interrogeait : était-il aussi riche que beau ? Elle le souhaitait du plus profond du cœur...

L'après-midi, elle l'aperçut qui se promenait dans la roseraie, non loin de la maison. Après un dernier regard à son miroir, elle se précipita dans l'escalier monumental, sortit, marcha vers la roseraie d'un pas précipité. Mais, découvrant le lieutenant adossé à un chêne centenaire, elle ralentit l'allure. Le bruit de ses pas sur le gravier le fit se retourner.

« Lucy, dit-il avec une voix qui trahissait son émotion. Oh, veuillez m'excuser ! Je voulais dire : mademoiselle Potter ! »

Lucy s'empressa de lui demander de continuer à l'appeler par son prénom, et lui la pria de l'appeler William.

Après deux tours de roseraie, elle sut qu'il l'aimait ! La guerre avait exacerbé la sensibilité du jeune homme ; ses sentiments devenaient vite évidents.

Il vint à parler de sa terrible et première bataille, mais il s'arrêta presque aussitôt pour aller cueillir une rose rouge dont il retira les épines. Il l'offrit à la jeune fille. Dans ses yeux brillait une telle flamme que le cœur de Lucy battit à tout rompre.

Au dîner, ils prirent place côte à côte et bavardèrent sans se mêler à la conversation des autres convives, qui portait sur le président Lincoln et sur ses diverses opérations militaires contre les Sudistes.

Lorsque Lucy regagna sa chambre, elle ne pensait plus qu'à William. Il fallait cependant qu'elle sache au plus tôt s'il était riche...

Le lendemain soir, après le dîner, ils allèrent tous deux s'asseoir dans la roseraie. Lucy demanda à son compagnon où il habitait. Il évoqua non pas une somptueuse demeure, semblable à celle où ils se trouvaient, mais une modeste maison ressemblant étrangement à celle où Lucy avait grandi. Il parla encore de sa mère, devenue veuve très jeune, qui avait dû travailler dur pour élever ses enfants.

Quelle cruelle déception pour Lucy ! Pourtant, lorsque son beau lieutenant l'embrassa sous une tonnelle tapissée de lierre, elle oublia tout.

Les soldats, dans l'attente des décisions du général Lee qui commandait leurs troupes, demeurèrent à la plantation trois semaines durant. Lucy et William passaient leurs journées ensemble et, la nuit venue, rêvaient l'un de l'autre. Jusqu'au jour où, un matin au petit déjeuner, le capitaine annonça :

« Demain, nous partirons vers le nord. L'armée de l'Union progresse à nouveau : nous lui livrerons bataille à environ quatre-vingts kilomètres d'ici. »

Lucy lut une telle détresse dans les yeux de William qu'elle en frissonna.

Le capitaine donna des ordres à ses hommes pour la journée. Et, avant de quitter la salle à manger, William fit promettre à Lucy de venir le retrouver ce soir à la roseraie.

À la nuit tombée, ils se réfugièrent une fois encore sous la tonnelle. Le cœur battant, Lucy vit William sortir de sa poche un objet brillant : une petite bague en or qu'il lui glissa aussitôt au doigt.

« Dès mon retour, jure-moi que nous nous marierons ! » implora-t-il en se jetant à ses genoux.

Un rayon de lune éclaira le modeste bijou, et Lucy se rappela que, depuis toujours, elle avait rêvé d'un diamant brillant de mille feux. Mais il y avait tant de prière et d'amour dans le regard de William qu'elle jura. Cet homme livrerait bataille demain : elle ne pouvait le décevoir...

William se releva et l'embrassa tendrement. Puis, la prenant d'une main ferme par les épaules, il planta ses yeux dans les siens.

« Promets-moi encore une chose, Lucy... Si je ne reviens pas de la guerre, jure-moi que tu n'épouseras jamais personne d'autre. »

Lucy hésita, fit tourner la petite bague autour de son doigt.

« Je te le jure, finit-elle par murmurer, émue par le regard plein d'espoir de son compagnon. Je n'épouserai jamais personne d'autre... »

Au matin, la troupe quittait la plantation, William vint caracoler sur son cheval devant le perron où se tenait sa bien-aimée. Il lui adressa un long au revoir de la main, puis s'éloigna au grand galop.

Tant qu'elle le vit, Lucy ne cessa de faire tourner la petite bague en or autour de son annulaire. Ensuite, elle monta dans sa chambre et s'admira longuement dans le miroir.

Cinq nuits plus tard, des coups frappés à la porte réveillèrent M. Potter. Il alla ouvrir et découvrit un jeune officier de l'armée des Confédérés, le capitaine Sanders. Il semblait épuisé, et il apportait de terribles nouvelles de la bataille qui venait de se dérouler à quelque quatre-vingts kilomètres de là : ils avaient capitulé et les pertes en hommes étaient considérables. Le capitaine demanda à M. Potter la permission de rester sur ses terres avec ses soldats. L'oncle de Lucy accepta, bien sûr. Avant d'aller s'installer avec ses hommes, Sanders annonça qu'un autre capitaine l'avait chargé d'une triste mission : prévenir Mlle Potter que le lieutenant Compton était mort, touché par une balle.

Le lendemain, M. Potter révéla à sa nièce l'affreuse nouvelle. Il s'attendait à la voir fondre en larmes. Or, très calme, elle se contenta de faire tourner la petite bague en or autour de l'annulaire de sa main gauche.

Le capitaine Sanders et ses hommes séjournèrent plusieurs semaines à la plantation. Il fallut soigner les blessés répartis dans les dépendances de la propriété, tâche qui occupa maîtres et serviteurs. Lucy s'aperçut bientôt que la disparition de William était compensée par la présence de Sanders. Elle le trouvait bel homme et était fascinée par les histoires qu'il lui racontait à propos de sa famille et de l'immense domaine qu'il possédait dans le Sud. Lucy sentait qu'elle plaisait au capitaine, mais qu'il avait bien trop de tact pour le montrer, d'autant plus qu'il avait lui-même annoncé la nouvelle de la mort du lieutenant William Compton.

Un jour, il lui proposa de la conduire au cimetière où les Confédérés, morts pendant la dernière bataille, avaient été enterrés. Parmi les tombes se trouvait celle du lieutenant Compton.

Lucy accepta volontiers. Pour l'occasion, elle revêtit une robe aux couleurs chatoyantes qui lui allait à merveille. Dans la calèche qui roulait vers le cimetière, elle ne pouvait s'empêcher de jouer avec sa petite bague tout en écoutant les histoires d'avant la guerre que lui contait le capitaine.

Devant la tombe de William Compton, elle pria son compagnon de la laisser seule et, dès qu'il se fut éloigné, elle retira la bague de son doigt, la jeta parmi les herbes qui recouvraient déjà le monticule de terre.

Deux mois plus tard, très étonnés, M. et Mme Potter apprenaient que le capitaine Sanders demandait leur nièce en mariage et que celle-ci acceptait. La cérémonie aurait lieu au plus tôt car une nouvelle bataille ne tarderait pas à être livrée contre les Nordistes. La noce fut donc fixée au samedi suivant.

Rayonnante de bonheur, Lucy faisait admirer le magnifique diamant de sa bague de fiançailles qui brillait maintenant à son doigt. Jour et nuit, la plus habile couturière de la région travailla pour livrer à temps une somptueuse robe de dentelle et de soie. Une fois, une seule, Mme Potter fit allusion à William, mais Lucy lui cria qu'elle ne voulait plus jamais en entendre parler. Ce faisant, elle fit tourner si nerveusement son diamant qu'elle se coupa le doigt.

Au matin des noces, la future mariée remonta au bras de son oncle la nef de la petite église du village. Elle souriait amoureusement à son fiancé qui l'attendait debout devant l'autel.

La cérémonie commença. Tandis que se rapprochait le moment où le riche capitaine Sanders et la belle Lucy Potter seraient unis pour la vie, une nervosité croissante s'empara de la jeune fille. Il lui sembla que sa bague de fiançailles lui brûlait le doigt d'un feu surnaturel. Elle dut faire effort pour ne pas y toucher.

Juste avant de déclarer les deux fiancés mari et femme, le prêtre demanda, selon la formule d'usage :

« Si quelqu'un a un motif pour s'opposer à cette union, qu'il le fasse savoir... Sinon, qu'ils aillent en paix. »

Alors, un horrible souffle froid enveloppa le cou de Lucy et envahit son corps entier. Puis une porte claqua et un vent glacé s'engouffra dans l'église. Comme tous les invités, la jeune femme se retourna.

Au bout de l'allée centrale, se tenait... William Compton ! La regardant fixement, il remonta l'allée d'un pas lent, excessivement lent ! Et au fur et à mesure qu'il s'approchait d'elle, Lucy voyait de plus en plus distinctement une tache rouge sur la veste de son uniforme, une tache qui ressemblait à une rose rouge posée sur son cœur. Mais bientôt force lui fut de reconnaître que la fleur était... une tache de sang vermeil !

Les yeux de William brûlaient comme le feu, mais son visage avait la pâleur de la mort. Lucy eut un mouvement de recul et cacha vite de sa main droite le gros diamant. Aussitôt, une véritable tornade pénétra dans l'église. Elle figea d'effroi tous les invités : au cœur du tourbillon diabolique, se dressait maintenant William Compton !

Atterrée, Lucy hurla quand elle vit sa main blanche se tendre vers elle. Puis une poigne mortelle la saisit, et elle fut entraînée dans le tourbillon hors de l'église par son fiancé fantôme.

Lorsque le capitaine Sanders et les invités se précipitèrent sur le parvis de l'église, Lucy avait disparu. Ils entendirent seulement, au loin, le martèlement d'un cheval lancé au grand galop.

Les hommes enfourchèrent leurs montures et s'élancèrent dans la direction d'où provenait le bruit. Ils galopèrent, galopèrent sur la route qui, fatalement, aboutissait au cimetière où le lieutenant Compton avait été enterré. Le capitaine Sanders courut à travers les tombes jusqu'à celle où il avait conduit Lucy peu de temps auparavant.

Les herbes avaient grandi encore sur le monticule de terre et, parmi elles, Lucy gisait, morte, les mains accrochées à la croix. À son annulaire gauche, brillait une petite bague en or qu'il ne connaissait pas...

LA SURPRISE AUX NOUILLES

Il y avait juste un an que Lise avait épousé Michel.

Pour leur premier anniversaire de mariage, la jeune femme prépara avec amour les plats préférés de son mari. Au menu, saumon braisé au champagne et aux pointes d'asperges, haricots verts, pommes dauphine, salade de cœurs de laitues, plateau de fromages et mousse au chocolat. Lise soupira : il n'y aurait pas de viande rouge. Michel refusait d'en manger.

Quand elle entra dans la salle à manger avec le plat de saumon délicatement décoré, le visage de Michel s'illumina d'un large sourire. Après s'être souhaité un joyeux anniversaire, les jeunes époux passèrent à table. Lise regardait amoureusement son mari. Elle le trouvait si beau ! Pourtant ses parents à elle pensaient qu'il aurait dû couper sa barbe et mettre de l'ordre dans ses cheveux noirs comme jais, un peu trop hirsutes à leur goût. Mais son mari lui plaisait ainsi !

Durant tout le repas, la jeune femme reçut compliment sur compliment.

« Je suis l'homme le plus heureux du monde, Lise ! déclara Michel en achevant la mousse au chocolat. Quelle excellente cuisinière tu fais !

— Merci, Michel ! » répondit-elle avant d'ajouter, très vite : « Mais je pourrais peut-être te préparer autre chose, pour changer... Une côte de bœuf à la moelle, ou un simple hamburger.

— Surtout pas ! s'emporta-t-il. Tu sais bien que je ne peux pas manger de viande rouge.

— Mais, Harry...

— Pas question ! Ma mère me l'a interdit formellement. Elle devait avoir ses raisons ! Inutile de revenir là-dessus ! »

Il se leva et commença à débarrasser la table.

« Ta mère... Ta mère... Pourquoi lui obéis-tu encore ? Il y a plus de vingt ans que tu ne l'as pas revue !

— Pendant les cinq années qu'elle a passées avec moi, jamais elle ne m'a servi de viande rouge. Et les derniers mots qu'elle a prononcés alors qu'elle courait vers la porte pour nous quitter pour toujours, mon père et moi, ce furent ceux-là : Surtout ne mange jamais de viande rouge ! »

Lise n'insista pas. Il était inutile d'assombrir un jour de fête comme celui-là...

Pourtant, durant la semaine qui suivit, elle ne put s'empêcher de regretter que son mari soit si entêté. Elle, elle adorait la viande rouge. Elle aurait tant aimé cuisiner un délicieux rosbif ou une côte de bœuf bien saignante ! Elle en voulait à la mère de Michel, cette femme sans doute un peu folle qui avait abandonné son mari et son fils et ne leur avait plus jamais donné signe de vie.

Un soir, pendant un délicieux dîner de lasagnes aux aubergines — un plat sans viande, bien entendu —, Lise ramena la conversation sur la mère de Michel.

« Quel genre de plats te cuisinait-elle ? » demanda-t-elle calmement.

L'air surpris, Michel releva les yeux de son assiette.

« Lise, tu sais pourtant que je n'aime pas parler de ma mère ! Mais puisque tu as commencé... Eh bien, elle me préparait des filets de sole au citron vert, par exemple...

— Et quoi d'autre ?

— J'ai oublié ! répliqua-t-il, sur la défensive. Et, d'ailleurs, parlons d'autre chose ! Raconte-moi plutôt ta journée. »

Ce soir-là, une idée germa dans l'esprit de Lise. Elle allait aider Michel à surmonter son aversion pour la viande rouge. Selon elle, la mère de son mari n'était qu'une femme extravagante qui l'avait bien trop influencé avec ses idées ridicules.

Lise consulta une foule de livres de cuisine : il lui fallait trouver absolument une recette qui modifie l'apparence et le goût de la viande rouge. Ainsi, Michel ne se douterait de rien...

« Surprise aux nouilles ! » Ainsi s'intitulait la recette qu'elle finit par découvrir. C'était des nouilles nappées d'une sauce à la crème très épaisse, relevée au paprika, qui masquait le goût de la viande de bœuf finement hachée. Lise marqua la page du livre de cuisine avec un bout de papier et sourit. Michel ferait une drôle de tête quand il apprendrait ce que cachait la « Surprise aux nouilles ».

Huit jours passèrent sans qu'elle puisse mettre à exécution son projet. Enfin, un matin, Michel lui annonça qu'il rentrerait plus tard que d'habitude car il était débordé de travail. Elle lui assura que ça ne posait pas de problème, qu'elle l'attendrait pour dîner.

Le moment de s'attaquer à la « Surprise aux nouilles » était arrivé ! L'après-midi même, elle courait chez le boucher.

« Je voudrais une livre de filet de bœuf. Ce que vous avez de plus tendre ! »

Elle regarda le boucher prendre une belle pièce de viande. Elle n'en avait jamais vu d'un tel rouge sang. Le commerçant coupa un morceau, l'enveloppa. Lise déposa le paquet dans son panier, avec autant de précautions que s'il s'était agi de caviar.

En fin d'après-midi, elle fit griller la viande. Lorsqu'elle fut cuite à point, elle la coupa en fins morceaux, la mélangea à l'onctueuse crème au paprika, versa le tout sur les nouilles et mit le plat au four pour le faire gratiner.

Elle venait tout juste de l'en sortir quand elle sentit un baiser sur sa nuque. Elle hurla, faillit laisser échapper le plat, se retourna et découvrit Michel qui lui souriait.

« Ce n'est que moi ! lança-t-il ; étonné par l'affolement de sa femme, il ajouta : Tu as l'air bizarre, Lise...

— Bizarre ? Quelle idée ! Allez, à table ! Je meurs de faim !

— Qu'y a-t-il au menu ?

— Une belle surprise ! »

Comme elle déposait le plat tout doré sur la table de la salle à manger, Michel remarqua :

« Tes mains tremblent. Tu es fatiguée ?

— Mais non ! Passe-moi ton assiette, veux-tu ? Je vais te servir. »

Afin que son mari ne prête pas trop attention à ce qu'il allait manger, elle le harcela de questions sur sa journée. Quand elle le vit porter à sa bouche une fourchette de gratin, elle retint sa respiration, puis le regarda mâcher et avaler la première bouchée.

« Ça a un drôle de goût... »

Le cœur de Lise battit plus fort.

« C'est le paprika, affirma-t-elle.

— Non, je connais la saveur du paprika ! Ce n'est pas ça. C'est quelque chose que je n'ai jamais goûté... »

Et il engloutit une autre bouchée de « Surprise aux nouilles ».

« Quel délice ! » s'exclama-t-il, la bouche pleine.

Lise se cacha vite derrière sa serviette pour qu'il ne remarque pas son sourire. Il mangeait maintenant avec un plaisir évident, un appétit qu'elle lui avait rarement vu.

« Tu peux me resservir, s'il te plaît ?

— Quel goinfre ! Tiens, voilà de quoi te rassasier ! »

Un bruit singulier s'éleva de la poitrine de Michel tandis qu'il attaquait sa deuxième portion de gratin. Lise l'observa, inquiète.

« Dis, c'est ton estomac qui fait ces drôles de gargouillis ? »

Michel ne répondit pas. Il termina voracement son assiette puis la tendit à sa femme.

« Encore ! » réclama-t-il.

Sa voix avait une intonation particulière que Lise reconnut à peine.

« Michel, qu'est-ce qui t'arrive ? lui demanda-t-elle nerveusement, tout en le servant.

— Je... J'adore... cette... nourriture... »

Sa voix avait encore changé. Elle était devenue basse et rauque. Il avança sa main pour récupérer son assiette...

Lise hurla : la main de Michel était couverte de poils ! De poils noirs comme sa barbe et ses cheveux ! En levant les yeux sur lui, elle aperçut un curieux éclair dans son regard. Et quand il lui sourit, elle découvrit dans sa bouche de longues dents pointues. Des crocs !

Elle hurla de nouveau, voulut reprendre l'assiette. Il lui résista.

« Non ! Non ! Michel, arrête de manger ! C'est de la viande rouge ! »

Durant une seconde, figés, ils se dévisagèrent. Puis la sonnette de la porte d'entrée retentit. Une expression inquiétante se peignit sur le visage de Michel et, d'un bond, il quitta la table. Lise se précipita dans l'entrée, derrière lui. Lorsque la porte s'ouvrit avec fracas, elle poussa un long cri d'horreur.

Une créature fantastique, velue, effrayante, se tenait sur le seuil : un loup-garou !

« Maman ! grogna Michel.

— Mon fils chéri ! » grogna en retour le loup-garou.

Et tous deux disparurent dans la nuit. Dans

le ciel brillait la pleine lune. Deux hiboux échangèrent un hululement lugubre.

Lise regagna la salle à manger. Elle sut qu'elle ne reverrait jamais Michel. Et elle sut que jamais plus elle ne mangerait de viande rouge.

LA BOÎTE ENCHANTÉE

Philippe s'était aventuré dans un quartier de la ville où il n'était jamais allé auparavant. Là, toutes les rues étaient bordées de boutiques d'antiquités et de brocantes.

Une vitrine attira soudain son attention. Au milieu d'objets désuets, était exposé un haut-de-forme de soie noir, tout mité, d'où émergeait un vieux lapin naturalisé.

« Et si c'était un vrai chapeau de prestidigitateur ? » se demanda Philippe, qui était passionné de magie et qui passait ses loisirs à faire des tours devant ses amis.

Il leva les yeux vers l'enseigne de la boutique. *Curiosités d'antan* : ce nom le fit rêver. Dès qu'il eut poussé la porte, il jugea, au premier regard, que ce nom se justifiait tout à fait. Le magasin regorgeait de singes empaillés, de chandeliers de cuivre, de chiens en porcelaine de Chine, à l'air plus vrai que nature, assis sur des coffres de bois sculpté qui ressemblaient à des cercueils. Le mélange était plutôt inattendu.

Tandis que Philippe examinait des bibelots exposés sur des tables et des étagères, une voix retentit :

« Je peux vous aider ? »

Philippe se retourna et découvrit derrière lui un vieil homme voûté qui le fixait de ses yeux perçants.

« Non, non. Je regarde simplement.

— Prenez votre temps. Si vous avez besoin d'un renseignement, ou si vous voulez acheter quelque chose, vous n'aurez qu'à sonner. Je suis dans la réserve. »

Avant de disparaître, il désigna du doigt une vieille sonnette en cuivre près de la caisse.

Philippe poursuivit son examen des mille curiosités qui encombraient le magasin. Mais ce qui l'attirait le plus, c'était ce chapeau de prestidigitateur dans la vitrine. Dommage qu'il n'en eût pas besoin ! Il en avait déjà un... Il resta pourtant, dans l'espoir de dénicher quelque accessoire de magicien original ou tout autre objet rare.

Tandis qu'il fouillait dans le bric-à-brac, Philippe perdit toute notion du temps. Soudain, il aperçut une boîte en bois noir et brillant, d'une vingtaine de centimètres de côté. Il effleura de la main la surface lisse, le fermoir et les quatre angles de cuivre.

Mais ce qui le fascina le plus, ce fut, sur le couvercle, une plaque, également en cuivre, qui portait l'inscription *Boîte enchantée.*

Philippe souleva délicatement la patte du fermoir. La boîte était vide. En revanche, à l'intérieur du couvercle intérieur, il découvrit une autre plaque de cuivre gravée où il put lire cet avertissement :

Ne cherchez pas à savoir ce que cache ce couvercle. Vous le regretteriez !

Intrigué, Philippe rabattit doucement le couvercle. À quoi pouvait servir cette « boîte enchantée » ? Était-elle vraiment enchantée ? Cette idée lui paraissait invraisemblable, voire ridicule. Quoi qu'il en soit, il en avait une envie terrible : une envie comme il n'en avait jamais éprouvé auparavant. Il fourra sa main dans sa poche. Combien avait-il d'argent sur lui ? Deux cents francs. Il aurait besoin de dix francs pour rentrer chez lui : il avait donc cent quatre-vingt-dix francs à dépenser.

Il prit le coffret, le déposa sur le comptoir près de la caisse et appuya sur la sonnette. Un son aigrelet retentit dans le magasin. Aussitôt, le vieil homme sortit de l'arrière-boutique. Il regarda Philippe, puis la boîte. Lentement, un étrange sourire se dessina sur ses lèvres.

Une heure plus tard, de retour dans sa chambre, Philippe retirait le papier journal dans lequel le vieil homme avait enveloppé le coffret. Ses mains tremblèrent lorsqu'il le déposa sur son bureau. « Boîte enchantée »... Ces mots le fascinaient et l'intriguaient plus que de raison. Il ne pouvait plus attendre : il fallait qu'il sache s'il avait dépensé son argent bêtement !

Avec précaution, il souleva le couvercle. À l'intérieur, il n'y avait toujours rien de particulier, si ce n'est l'avertissement : *Ne cherchez pas à savoir ce que cache ce couvercle. Vous le regretteriez !*

« La bonne blague ! » pensa Philippe, bien décidé cependant à vérifier les pouvoirs de cette boîte dite enchantée. Il l'ouvrit en grand, regarda autour de lui. Quelle première expérience allait-il pouvoir faire pour vérifier si elle était magique ou non ? Ses yeux se posèrent sur un petit dictionnaire bleu, sur son bureau. Il ferait l'affaire ! Il semblait tenir dans la boîte, et s'il venait à disparaître, quelle importance ?

Il le prit, le plaça dans le coffret dont il rabattit le couvercle. Il se trouva soudain idiot de prendre cet avertissement au sérieux. Il n'allait probablement rien se passer. D'un geste brusque, il remit en place le fermoir et garda les yeux fixés sur la boîte. Il n'y avait pas de formule magique à prononcer, pas de baguette magique à agiter : ce n'était pas drôle... Alors il rouvrit la boîte.

Elle était vide ! Le dictionnaire s'était volatilisé !

Il eut beau tourner et retourner la boîte en tous sens, il ne trouva rien. Pourtant, il devait bien y avoir un truc ! Les choses ne disparaissent pas comme ça...

À force de chercher, il finit par découvrir, sur l'un des côtés, un bouton en cuivre. Il le tira avec précaution, entendit un léger déclic, et un tout petit tiroir s'ouvrit.

Philippe découvrit son étrange contenu. Il y avait là un minuscule livre bleu et une figurine. Philippe prit tout d'abord le livre. Il cligna des yeux pour lire les caractères microscopiques du titre. C'était un dictionnaire, une parfaite réplique en modèle réduit du sien. Il feuilleta l'ouvrage et, soudain, le laissa tomber comme s'il lui avait brûlé les mains.

Comment la boîte avait-elle réalisé un tel prodige ? Quel était son mystère ?

Tandis qu'il s'interrogeait, il observa la figurine. Haute de cinq centimètres environ, elle représentait un garçon portant des vêtements démodés. Les traits du visage et les habits étaient si réalistes que la petite poupée paraissait vivante...

Philippe s'empara du livre et de la figurine, alla les poser sur une étagère de sa chambre. Cela fait, il referma le tiroir secret et rouvrit le couvercle de la boîte. Il regarda de nouveau autour de lui : il fallait absolument qu'il vérifie une fois encore les pouvoirs du coffret. Il avait peine à croire qu'un garçon comme lui pût posséder un objet si extraordinaire.

Il se dirigea vers le miroir installé au-dessus de sa commode. Celui-ci lui renvoya son image, ses taches de rousseur, sa peau blanche. Il se pinça très fort le bras sous son tee-shirt rouge pour s'assurer qu'il ne rêvait pas. Évidemment, il était éveillé ! Cette boîte existait bel et bien, et elle pouvait miniaturiser des objets. Ça semblait incroyable, mais c'était la pure vérité : elle était enchantée !

Philippe tenta une nouvelle fois l'expérience avec un crayon. Une minute plus tard, il tira le bouton du tiroir secret. Celui-ci s'ouvrit. À l'intérieur, il y avait la réplique exacte du crayon. Il était devenu si petit qu'il eut du mal à le prendre entre ses doigts.

Ses yeux se posèrent sur son réveil. Ses parents ne tarderaient pas à rentrer... Vite, il fallait qu'il perce le mystère de la boîte avant leur retour, qu'il renouvelle encore l'expérience avec un autre objet. Pourquoi pas avec son poste de radio ? Philippe était curieux de savoir si, une fois miniaturisé, il diffuserait encore de la musique.

D'un geste vif, il déposa le poste à l'intérieur du coffret. Il s'apprêtait à rabattre le couvercle quand il s'aperçut que l'antenne dépassait. Aussi avança-t-il la main pour l'enfoncer.

À cette seconde précise, la voix de sa mère monta du rez-de-chaussée :

« Bonsoir, Philippe. On est rentrés ! »

Complètement paniqué, Philippe chercha désespérément une cachette possible pour son étrange acquisition, et c'est alors que le couvercle retomba brutalement sur sa main. Ça lui fit mal, et puis... il ne sentit plus rien.

Un an durant, la police rechercha Philippe avec, pour seuls indices, une boîte en bois noir, un livre, un crayon et une figurine minuscules. Finalement, l'enquête fut abandonnée. Les parents de Philippe vidèrent la chambre de leur enfant disparu, et le coffret retourna par le plus grand des hasards chez l'antiquaire qui l'avait vendu à leur fils.

Le vieil homme le posa sur une étagère. Un jour, un autre enfant voudrait sans doute l'acheter. S'il découvrait le tiroir secret, il y trouverait une figurine : celle d'un minuscule gamin au visage criblé de taches de rousseur, vêtu d'un tee-shirt rouge...

« ATTENDONS LE RETOUR DE MAX... »

Par une sombre nuit d'hiver, un voyageur solitaire avançait sur une route déserte. Il venait de parcourir plusieurs kilomètres sans avoir vu une seule habitation. Le temps se faisait de plus en plus menaçant, ce qui le contrariait.

Un vent glacial s'était levé, soulevant des nuages de poussière, secouant les branches des arbres qui gémissaient comme des âmes en peine, et poussant devant lui d'énormes nuées noires. Soudain, un éclair zébra le ciel et le tonnerre gronda dans un tumulte d'enfer.

L'homme s'arrêta net et se mit à trembler. L'orage s'annonçait terrible. Il lui fallait trouver un abri au plus vite. Il scruta les arbres qui bordaient la route, mais l'obscurité était devenue telle qu'il ne vit rien d'autre que des ombres.

Quelques secondes plus tard, un second

éclair zébrait le ciel. Cette brève clarté permit à l'homme de repérer la silhouette d'une maison au sommet d'une colline.

Profitant de la lumière d'un troisième éclair, le voyageur entrevit un sentier qui partait de la route et semblait gravir la colline. Sans hésiter, il l'emprunta pour aller se réfugier dans la maison.

Bientôt, la pluie martela sa tête nue, le sol se fit glissant sous ses pieds, et la montée de plus en plus raide. Un instant, l'homme se demanda s'il ne devait pas renoncer à son projet : après tout, rien ne lui permettait d'affirmer que ce chemin conduisait bien à la maison, entrevue là-haut. Cependant, il redoubla d'efforts et poursuivit sa pénible ascension. Enfin, il se retrouva dans une clairière. Un nouvel éclair traversa le ciel et illumina une vaste demeure ornée de tourelles déchiquetées, percée de fenêtres noires qui ressemblaient à autant d'yeux sans fond... Le souffle coupé, il eut un mouvement de recul. La maison ressemblait à quelque animal diabolique tapi dans le noir. Il eut envie de faire demi-tour quand brusquement le vent redoubla de force, rabattant des trombes d'eau glacée sur son visage. Alors, sans hésitation, il courut vers la sombre bâtisse et chercha au plus vite la porte d'entrée. Surpris, il s'aperçut qu'elle n'était pas fermée à clef. Sur la pointe des pieds, il se glissa à l'intérieur et referma le lourd battant derrière lui.

La maison était plongée dans un silence de mort. Le voyageur n'entendait que le martèlement de la pluie sur les tuiles à l'extérieur. Il fouilla dans ses poches, y trouva une boîte d'allumettes. Il en alluma une dont la flamme éclaira faiblement un vestibule où, sur une console, était posée une paire de chandeliers. Il prit une bougie qu'il s'empressa d'allumer et partit à la découverte de la maison.

La première pièce dans laquelle il pénétra était immense, ornée d'une cheminée monumentale dont l'âtre était garni de bois et de papier. Il se pencha au-dessus, en approcha la flamme de sa bougie et bientôt le joyeux craquement du feu éclata.

Après avoir pris place dans un fauteuil devant la cheminée, le voyageur tendit ses mains vers les hautes flammes pour se réchauffer. Il se sentait très las, légèrement mal à l'aise. Il reconnut toutefois que cette pièce, pour effrayante qu'elle fût au premier abord, lui offrait le réconfort dont il avait besoin. Après tout, ici, il était plus en sûreté que dehors...

Il ferma les yeux, gagné par le sommeil. C'est alors qu'un petit cri étouffé le tira de sa torpeur. Il rouvrit les yeux et vit, assis au bord de l'âtre, un chaton gris aux beaux yeux verts qui le regardait. L'animal poussa un autre miaulement.

La présence du chat rassura l'homme. Il

se sentit encore plus en sécurité. Il referma les yeux... pour les rouvrir presque aussitôt, alerté par un nouveau miaulement, plus fort que le premier.

Près du chaton gris, se tenait un gros chat tigré ! Maintenant, quatre yeux verts le fixaient.

L'homme aimait les chats, cela ne le gêna pas outre mesure. Et il ferma à nouveau les yeux.

« Qu'est-ce que nous allons faire de lui ? »

L'homme sursauta. Qui avait parlé ? Il regarda autour de lui, mais ne vit que les deux chats assis devant l'âtre. Avec un haussement d'épaules, il pensa qu'il avait dû être victime de son imagination. Or, juste à cet instant, le chat tigré se tourna vers le chaton et lui dit :

« Attendons le retour de Max... »

L'homme réprima un frisson, se frotta les yeux. Était-il en train de perdre la raison ? Une sorte de sifflement très fort lui perça alors les tympans. Il crut que son cœur allait s'arrêter de battre...

Un troisième chat, au pelage jaune, de la taille d'un chien, avait rejoint les deux autres.

« Qu'est-ce que nous allons faire de lui ? demanda le chat tigré.

— Attendons le retour de Max... », répondit le chat jaune.

Une angoisse incontrôlable gagna le voyageur. Il calcula le temps qu'il lui faudrait pour atteindre la porte et s'échapper. Mais il était déjà trop tard ! Un quatrième chat entrait dans la pièce. Il était aussi gros qu'un léopard, aussi noir que la nuit la plus obscure, et de ses yeux jaunes, et non verts, il l'observait de la tête aux pieds.

« Qu'est-ce que nous allons faire de lui ? demanda le chat jaune.

— Attendons le retour de Max... », répondit le chat noir en s'asseyant devant la porte d'entrée.

Désormais, quatre chats fixaient le voyageur d'un œil mauvais. Non loin de lui, il avisa une fenêtre sans vitre. D'un bond, il quitta son fauteuil et sauta dehors !

« Dites à Max que je n'ai pas le temps de l'attendre ! » cria-t-il.

Enfin de retour chez lui, l'homme s'enferma à double tour dans sa maison. Plus jamais il n'en sortit... Il savait que, quelque part, Max l'attendait.

LA VIEILLE MENDIANTE

À cette époque, la misère sévissait dans la région côtière de la Nouvelle-Angleterre. Les récoltes avaient été mauvaises et le manque de nourriture se faisait cruellement sentir.

Affamés, vêtus de haillons, des mendiants parcouraient la campagne à la recherche de quelque chose à manger ou d'un abri pour la nuit. Des âmes généreuses partageaient volontiers leurs maigres provisions avec ces miséreux. Seule une personne les ignorait. Elle se préoccupait uniquement d'elle-même, allant jusqu'à passer des heures devant son miroir pour admirer sa silhouette aux formes opulentes.

Cette personne s'appelait Agatha Parry. Elle habitait une splendide demeure, située sur une falaise dominant l'océan Atlantique. Veuve d'un riche armateur mort cinq ans plus tôt, elle était sans conteste la personne la plus fortunée de la région.

Certains prétendaient qu'elle était devenue

mesquine et avare depuis la disparition de son époux. D'autres affirmaient qu'elle l'avait toujours été, mais que, de son vivant, M. Parry avait compensé le manque de cœur de sa femme par une grande générosité envers les pauvres et les déshérités. Depuis, les rumeurs les plus folles couraient à propos de Mme Parry. Elle aurait fait mourir de faim l'une de ses servantes à qui elle reprochait d'avoir mal nettoyé son argenterie... Elle aurait exigé que les restes de ses repas soient donnés à ses chiens plutôt qu'aux pauvres... Elle aurait ordonné à ses serviteurs de chasser les mendiants qui avaient le malheur de s'aventurer aux abords de sa demeure...

Mme Parry quittait rarement ses terres, qui lui fournissaient presque tout ce dont elle avait besoin. Quant à sa résidence, elle regorgeait de richesses : tableaux de maîtres, salle de musique ornée d'un immense piano et d'une harpe en or, mille et un objets de grande valeur. La maîtresse des lieux prenait ses repas à l'extrémité d'une longue table sur laquelle étincelaient assiettes en fine porcelaine de Chine, argenteries de toutes sortes, verres de cristal. Ses invités, venus de fort loin, ne l'égalaient pas en richesse malgré leur grande fortune, et tous appréciaient hautement les mets délicats et rares qu'elle leur faisait servir.

Sans sa promenade quotidienne le long de

la falaise, Mme Parry n'aurait sans doute jamais eu la moindre idée de la pauvreté qui l'entourait.

Persuadée que l'air marin était bon pour sa santé, elle sortait chaque soir. Même s'ils connaissaient son indifférence à la misère d'autrui, les mendiants se hasardaient à lui demander l'aumône. Mais, en voyant leurs guenilles et leurs yeux hagards, elle plongeait son nez dans son mouchoir et appelait ses serviteurs. Finalement, elle ordonna que soient chassés tous les mendiants des alentours, sous prétexte que la vue de ces gens hideux lui brouillait le teint !

Un soir, Agatha Parry sortit pour son habituelle promenade sur la falaise. La jupe de soie de sa luxueuse tenue voletait autour de son corps rebondi, et autour de ses doigts dodus brillaient de lourdes et somptueuses bagues. Près d'elle, trottinait l'un de ses chiens, gras à souhait et toiletté avec soin. Après lui avoir assuré qu'aucun mendiant ne hantait les parages, ses serviteurs avaient regagné la maison. Agatha marchait lentement sur le sentier où affleuraient ici et là les roches polies par les vagues qui, les jours de tempête, venaient se fracasser dessus.

Agatha arriva bientôt devant un gros rocher qui obstruait le passage. Pour l'éviter, elle dut le contourner et s'aventurer sur l'extrême bord de la falaise. Effrayé, son chien se mit à gémir et refusa d'avancer. Elle claqua des doigts rageusement pour l'obliger à aller de l'avant. En vain ! L'animal se coucha à ses pieds, tout tremblant. Elle dut donc se résoudre à le prendre dans ses bras pour franchir le passage dangereux.

En bas, la marée montante soulevait des gerbes d'écume. Les flots paraissaient sombres et déchaînés à la faible lumière du soleil couchant. Agatha avait presque contourné le rocher quand elle aperçut une vieille femme assise sur le rebord. De stupéfaction, elle lâcha son chien qui s'empressa de s'éloigner de la falaise abrupte.

« La charité, s'il vous plaît ! » implora l'inconnue d'une voix éraillée.

Cette mendiante parut à Mme Parry encore plus repoussante que toutes les autres. Elle était vêtue de guenilles et d'une cape noire jetée sur ses maigres épaules. Ses dents jaunâtres étaient longues et pointues, ses yeux brillaient étrangement dans son visage ridé. Ses doigts noueux comme des sarments furent secoués de tremblements quand elle tendit la main vers elle.

Avec une moue de dégoût, Agatha lui cria :

« Déguerpis d'ici, la vieille ! »

Si elle l'avait pu, elle se serait enfuie. Mais ses jambes ne la portaient presque plus.

« Je meurs de faim, belle dame ! Faites-moi l'aumône d'une petite pièce pour que je m'achète à manger...

— Non ! Ôte-toi de ma vue, infâme mendiante ! » hurla Agatha, incapable de faire demi-tour.

Son regard croisa celui de la femme, et la peur se glissa dans ses veines, comme un poison mortel.

« Si vous ne me donnez rien, j'en mourrai, reprit la vieille femme d'une voix tremblante. Et, un jour, vous serez comme moi, pauvre, laide et affamée.

— Ça m'étonnerait ! persifla Agatha en détournant les yeux. Je ne serai jamais pauvre ! Regarde tout ce que j'ai ! »

Elle éleva les mains, fit briller ses diamants aux feux du soleil couchant. Puis elle retira une bague en or gravée à ses initiales, et la jeta du haut de la falaise.

« Tant que ce bijou restera dans la mer, je ne serai jamais pauvre, jamais laide ! »

La mendiante regarda l'océan qui grondait, murmura des mots étranges. Agatha, recouvrant soudain ses forces, s'en retourna chez elle en courant.

Ce soir-là, Agatha, assise seule à l'extrémité de sa longue table rutilante de verrerie et d'argenterie, n'apprécia pas les mets raffinés qu'on lui servit. Le rôti lui parut sec alors qu'il avait été cuit à la perfection, le gâteau au chocolat plus amer que sucré, et elle le laissa. Elle quitta la table, alla s'asseoir devant sa cheminée et regarda les flammes danser dans l'âtre. Mais tandis qu'elle les contemplait, il lui sembla voir les yeux brillants de la mendiante fixés sur elle...

Le lendemain soir, elle se promenait à nouveau le long de la falaise quand l'un de ses serviteurs accourut pour l'empêcher d'aller plus avant. Il lui raconta que le cadavre d'une vieille femme gisait en travers du sentier, qu'il fallait attendre que les gens du village viennent le retirer. Agatha rebroussa chemin : il était inutile qu'on lui décrive la femme. Elle imaginait fort bien quelle apparence la mort pouvait donner à ce vieux visage.

Et commença pour Agatha Parry une longue suite de nuits d'insomnie. Elle enfilait sa chemise de nuit de soie et de dentelle, posait sa tête sur ses moelleux oreillers en duvet d'oie, et à peine avait-elle fermé les yeux qu'elle revoyait la mendiante au regard brillant, aux dents jaunies, aux doigts noueux comme des sarments...

Un an passa. Agatha avait perdu ses bonnes joues, son visage était osseux. Elle avait tant maigri que ses belles toilettes flottaient désormais autour de son corps décharné. Son teint était devenu livide. Elle n'allait jamais plus se promener sur la falaise.

Appelés à son chevet, les médecins les plus célèbres déclarèrent forfait : ils ne pouvaient rien pour elle...

Agatha dépérissait de jour en jour. Et, de jour en jour, elle se montrait de plus en plus mesquine et avare avec ses serviteurs. Pendant ses insomnies interminables, elle comptait et recomptait son or ainsi que ses bijoux enfermés dans des tiroirs ou des coffres. Il lui arrivait parfois de regretter la bague qu'elle avait jetée dans les flots.

Un jour, elle décida de donner un grand dîner. Elle voulait prouver à ses riches amis, qu'elle n'avait pas revus depuis un an, qu'elle vivait toujours dans l'opulence, qu'elle était restée la même. Ils avaient pu avoir eu vent de certaines rumeurs... Elle envoya donc ses serviteurs acheter les mets et les vins les plus chers. Elle en fit même venir certains de l'étranger. Aucune dépense ne fut épargnée pour l'occasion.

Enfin, le soir du grand festin arriva. Les invités affluèrent, curieux et impatients de revoir Agatha. Celle-ci dut se rendre à l'évidence : la surprise se peignait sur tous les visages ! Pourtant, avec des sourires forcés, les uns et les autres lui assuraient qu'elle avait une mine superbe...

Agatha les conduisit dans la salle à manger où la longue table resplendissait des feux de l'argenterie, du cristal, des porcelaines. Elle prit place au bout et donna ordre à ses gens de servir. Ses hôtes se régalèrent du premier plat, puis du second, puis du troisième. Agatha, elle, se contenta de les regarder manger, elle n'aurait pu avaler la moindre bouchée. Elle n'avait pas faim.

Le maître d'hôtel apporta ensuite un long plat d'argent coiffé d'un couvercle en forme de dôme, qu'il posa cérémonieusement près d'Agatha. D'un geste large, il retira le couvercle et un superbe poisson arracha des cris d'admiration à tous les invités.

L'homme entreprit aussitôt de le découper, y introduisit son couteau mais le lâcha brusquement.

Agatha leva des yeux courroucés vers son maître d'hôtel, puis suivit son regard.

À l'intérieur du poisson brillait une bague en or qui étincelait à la lumière des chandelles ! L'homme la saisit délicatement et la tendit à sa maîtresse. Les mains tremblantes, elle la tourna, la retourna. Ses initiales étaient bien là, gravées sur le métal ! À l'instant même, les mots qu'elle avait prononcés en jetant le bijou dans l'océan lui revinrent en mémoire... Et, devant ses invités médusés, elle quitta la pièce en courant, retenant à grand-peine le cri d'effroi qui jaillissait de sa gorge.

Cette nuit-là, un incendie détruisit la demeure et les richesses d'Agatha Parry. Elle échappa aux flammes avec pour seuls habits ceux qu'elle portait, ainsi qu'une cape noire jetée en hâte sur ses épaules par une servante.

À l'aube, Agatha regardait s'éteindre les dernières braises de sa maison. Elle se serra ensuite dans sa cape et s'achemina vers la falaise qui surplombait l'océan.

Depuis, tous les promeneurs qui ont emprunté le chemin longeant la falaise de ce coin de Nouvelle-Angleterre racontent qu'ils y ont rencontré le fantôme d'une vieille mendiante. Si vous vous y rendez à votre tour, vous la reconnaîtrez à sa cape noire en lambeaux et à la bague en or qu'elle porte toujours au doigt...

LE BAL MASQUÉ

C'était veille de Toussaint et, pour respecter la tradition, la plupart des Américains célébraient Halloween, la fête des morts.

Les rayons de la pleine lune baignaient de leur lumière d'argent une maison où les réjouissances battaient leur plein. Des éclats de rire fusaient de la salle de bal où évoluaient des danseurs masqués. Pourtant, à l'étage, quelqu'un n'avait absolument pas envie de rire.

Seule, dans une petite pièce, Claire tenait son loup de velours pailleté d'une main tremblante et regardait son reflet dans un immense miroir au cadre de bronze. Des signes de fatigue et d'épouvante marquaient ses grands yeux bleus. D'un geste vif, elle remit son masque et se tourna vers la porte. Elle devait regagner la salle de bal même si, au milieu de la foule, un vampire l'attendait...

Dans le couloir, elle croisa un homme en toge accompagné d'une femme déguisée en

Cléopâtre. Comme elle, tous deux avaient le visage masqué. Mais de toute façon, même sans masque, Claire ne les aurait pas reconnus. Dans cette maison, elle ne connaissait en fait que le maître des lieux, un vieil ami de son père.

Elle déboucha sur le palier surplombant la salle où avait lieu la fête. Le bruit des rires et des conversations animées montait jusqu'à elle. Avec un sourire forcé aux lèvres, elle commença à descendre lentement les marches de l'escalier monumental.

À mi-parcours, ses yeux furent attirés par quelqu'un qui faisait tournoyer sa cape noire. Impossible de ne pas la remarquer au milieu de tous ces costumes de couleurs vives ! Le cœur de Claire s'emballa, sa gorge se noua : c'était l'homme qu'elle avait fui une dizaine de minutes plus tôt ! Elle n'avait vu que son habit noir, ses cheveux de jais brillants. Mais elle savait bien qui il était : un vampire !

Au prix d'un énorme effort sur elle-même, Claire descendit une nouvelle marche. C'est alors que l'homme se retourna, leva la tête vers elle, et resta là, à la fixer. L'espace d'un instant, elle eut le temps d'apercevoir deux longues canines, pointues comme des crocs, recourbées sur sa lèvre rouge sang...

Claire sentit ses jambes se dérober sous elle, un voile noir obscurcit sa vue.

Quand elle revint à elle, Claire vit le visage masqué d'un jeune homme, aux cheveux blonds, penché sur elle.

« Ça va mieux ? » demanda-t-il.

Elle se releva vivement et tout lui revint à l'esprit. Au bas de l'escalier, derrière leurs masques, presque tous les invités avaient les yeux braqués sur elle. Mais le sinistre personnage aux affreuses canines avait disparu, semblait-il.

« Laissez-moi vous aider à descendre l'escalier », proposa le jeune homme.

Claire se tourna vers lui en souriant : il portait une veste de satin rouge bordée d'un galon ainsi qu'un pantalon noir, et son visage était entièrement masqué.

« Merci... J'ai dû m'évanouir...

— Venez avec moi ! Vous avez peut-être besoin de manger quelque chose. Au fait, je m'appelle Hubert.

— Et moi, Claire », fit-elle.

Rassurée, Claire traversa au bras de son compagnon la foule masquée qui la dévisageait et gagna le buffet dressé au fond de la salle pour y grignoter un petit four. Mais elle ne put l'avaler. Elle n'avait vraiment pas faim.

« Je me suis ridiculisée aux yeux de tout le monde dans l'escalier, dit-elle à Hubert. Figurez-vous que j'ai cru voir un vampire... » Après un instant d'hésitation, elle ajouta :

« Depuis plusieurs nuits, je fais d'horribles cauchemars. Je rêve qu'un vampire me poursuit... »

Hubert cessa de manger et la regarda avec insistance :

« Comment sont-ils, vos rêves ? Racontez-moi ! »

De nouveau, Claire hésita. Elle redoutait que le jeune homme se moque d'elle. Mais comme il avait l'air d'y tenir, elle se décida :

« Eh bien, je rêve qu'un vampire habillé tout en noir s'approche de moi. J'ai beau réussir à lui échapper, il me retrouve toujours. Et dès que je vois ses deux longues dents pointues sur ses lèvres rouge sang, je pousse un hurlement et... je me réveille ! »

Quand elle eut terminé son récit, Claire nota un changement dans le regard d'Hubert. Il s'était assombri, durci même. Elle en vint à regretter de lui avoir fait des confidences. Peut-être la trouvait-il folle...

« Excusez-moi ! Je suis en train de gâcher votre soirée avec mes histoires ! Si nous dansions ? »

Il la prit par la main et la conduisit sur la piste. Claire ne tarda pas à oublier l'homme en noir et ses cauchemars. Une nouvelle danse commençait quand une main gantée de blanc se posa sur l'épaule d'Hubert. Tous deux se retournèrent et se retrouvèrent face au sinistre personnage.

« Excusez-moi ! Cette jeune demoiselle m'accorderait-elle cette danse ? »

Terrorisée, Claire recula. C'était l'homme en noir — le vampire —, à quelques pas d'elle seulement. Les yeux de Claire étaient hypnotisés par la bouche rouge sang et, dans un sursaut, elle comprit que ces longues dents pointues étaient... en plastique ! Totalement fausses ! Pourtant elle lui tourna le dos et s'accrocha plus fort encore au bras d'Hubert.

« Désolé, répondit sèchement celui-ci. Mademoiselle préfère rester avec moi. »

Claire regarda l'homme en noir se couler dans la foule avec la souplesse d'un chat.

« C'était lui, l'homme de tout à l'heure... murmura-t-elle alors qu'ils se remettaient à danser. Vous avez remarqué ses dents ?

— Oui, bien sûr ! Elles sont fausses ! Vous n'avez donc rien à craindre de cet homme.

— Je sais, mais quand même... Mes rêves me paraissent si réels que j'ai peur qu'ils ne se réalisent.

— Vous êtes particulièrement énervée. Normal : c'est la nuit d'Halloween. »

Sa voix sonna bizarrement aux oreilles de Claire : elle était dure, glaciale... Elle frissonna. Mais, après tout, son cavalier en avait peut-être assez de l'entendre parler de vampires. Soudain, elle voulut quitter la salle de bal et aller respirer l'air frais de la nuit.

« S'il vous plaît, vous voulez bien m'accompagner sur la terrasse ? J'étouffe, je ne peux pas rester ici une seconde de plus. »

Hubert l'emmena à l'extérieur, et ils firent quelques pas dans la nuit, douce pour la saison. La pleine lune brillait dans le ciel, mais un banc de nuages s'en approchait lentement.

« Je me sens en sécurité ici », déclara Claire en se tournant vers les portes-fenêtres de la salle de bal.

Elle aperçut alors quelqu'un qui l'épiait, nonchalamment appuyé contre une vitre : c'était le vampire !

Elle étouffa un cri, puis dévala les marches de l'escalier qui conduisait au jardin en entraînant Hubert dans sa fuite.

« On n'y voit rien ! souffla-t-elle tout en suivant l'allée qui serpentait à travers des massifs d'arbustes. Je ferais mieux d'enlever mon masque. »

Elle s'arrêta, retira son loup pailleté et regarda Hubert. Elle pensait qu'il allait l'imiter. Mais non ! Il se contenta de la dévisager fixement, puis se remit en marche.

Soudain, l'allée aboutit sur un lac. Claire se retrouva sur un étroit ponton de bois auquel une barque était attachée. Hubert la désigna du doigt.

« Voulez-vous faire une promenade sur l'eau au clair de lune ? » proposa-t-il.

Claire accepta : elle sauta dans la petite embarcation. Avant de la rejoindre, son compagnon déboutonna sa veste rouge, puis la posa. Claire remarqua qu'il était maintenant vêtu tout de noir. Il sauta à son tour dans la barque, prit les rames et tous deux s'éloignèrent rapidement du rivage. Claire se raidit sur son banc et, nerveusement, jeta un coup d'œil sur les lumières lointaines de la demeure. Devant elle, Hubert ramait vigoureusement.

« J'ai chaud, dit-il au bout d'un moment. Pouvez-vous tenir les rames le temps que j'enlève ma perruque ? »

Claire s'en saisit et observa avec curiosité son compagnon. D'une main, il retira sa perruque blonde et, de l'autre, il retint avec grand soin son masque. Lorsqu'il reprit les rames, la lune fit briller ses cheveux, noirs comme du jais.

« Pourquoi n'enlevez-vous pas votre masque ? ne put s'empêcher de lui demander Claire. Vous n'étouffez pas là-dessous ? »

Il ne répondit pas et rama de plus belle pour gagner le milieu du lac.

Claire leva la tête vers la lune. Les nuages qu'elle avait aperçus tout à l'heure allaient bientôt la voiler. Puis elle regarda Hubert. Les rayons d'argent de la lune donnaient à son masque un aspect surnaturel.

« S'il vous plaît, enlevez ce masque ! lui demanda-t-elle.

— Quand nous atteindrons le milieu du lac... Bientôt, très bientôt... »

Claire réalisa que son cœur battait à grands coups désordonnés. Elle regarda autour d'elle, cherchant à apercevoir le rivage. À cette seconde, les nuages passèrent devant la lune. Elle ne vit plus que la silhouette du rameur en face d'elle.

Soudain, le claquement des rames dans l'eau cessa. Au bruit qu'elles firent contre le bois, Claire sut qu'Hubert venait de les jeter dans la barque. Et le silence revint.

Claire ne bougea pas quand les doigts froids de la peur opprimèrent son cœur. Malgré la pénombre, elle vit la main d'Hubert retirer le masque. Puis la lune émergea des nuages et un hurlement d'horreur s'éleva dans la nuit, le sien.

La lune éclairait le visage d'un vampire, faisant scintiller ses deux longues canines blanches recourbées sur sa lèvre rouge sang...

LA FILLEULE DE LA MORT

Il y a cent ans de cela, un soir d'automne, Jacques décida de faire halte à la vieille auberge qu'il venait de découvrir sur sa route. Tout en attachant les chevaux de sa calèche à un poteau le long de la maison, il jeta un coup d'œil sur le ciel. Le soleil couchant l'embrasait de rouge pourpre, mais de gros nuages noirs commençaient à l'envahir. Un vent froid s'était levé qui se glissait sous ses vêtements et le glaçait jusqu'aux os.

Jacques courut vers la porte de l'auberge. Juste au-dessus oscillait une enseigne sur laquelle il lut : *Hostellerie du Renard Roux*. En entrant, une bouffée d'air chaud le prit au visage, bientôt suivie d'une bonne odeur de cuisine. Il pénétra dans la salle et rencontra le regard de trois hommes, assis à une table, en train de dîner. Derrière un bar d'acajou rutilant, un grand gaillard aux joues rouges essuyait des verres.

« Bonsoir ! dit Jacques en prenant place à une table. Est-ce que je peux avoir une bonne soupe bouillante et de la viande ?

— Bien sûr ! Vous avez l'air transi, remarqua sur un ton aimable l'aubergiste en disparaissant dans sa cuisine.

— Il fait si froid que ça, dehors ? » demanda l'un des clients.

Jacques répondit d'un signe affirmatif de la tête et se frotta les mains pour les réchauffer.

« C'est une bonne chose pour vous d'avoir fait halte ici ! lança un autre client. On y est au chaud et en sécurité. Moi, je n'aimerais pas voyager dans cette contrée un soir comme celui-ci.

— Je ne m'arrête que pour dîner, expliqua Jacques à l'aubergiste qui revenait de sa cuisine avec deux assiettes fumantes. J'ai encore beaucoup de kilomètres à faire... Un ami m'attend à Mortefontaine. »

Il remarqua que les quatre hommes échangeaient des regards gênés.

« Tu ferais mieux de lui dire, Pierre..., murmura l'un d'eux à l'adresse de l'aubergiste qui avait repris sa place derrière le bar.

— Eh bien, jeune homme, fit ce dernier après s'être éclairci la voix, c'est de la pure inconscience que de se rendre à Mortefontaine ce soir. Il y a une sacrée trotte jusque-là ! Et puis la contrée est un vrai désert ; vous ne trouverez rien d'autre que des rochers et des bois touffus de chaque côté de la route...

— Ne vous inquiétez pas ! Mes chevaux sont robustes, et ma calèche en excellent état ! » Il rit, puis reprit : « Et je n'ai pas peur de voyager la nuit à travers bois ! De toute façon, mon ami m'attend, et il s'inquiéterait s'il ne me voyait pas arriver. »

Le silence retomba sur la salle tandis qu'il commençait à manger de bon appétit.

« Allez, vas-y, Pierre, dis-lui tout, reprit bientôt le deuxième client.

— Écoutez-moi bien, jeune homme ! Tout autour d'ici, c'est un étrange pays. Il est rude... sauvage... Je présume qu'il ne ressemble en rien à celui dont vous venez.

— Oh, vous savez, à la ville, la vie peut être rude aussi, commenta Jacques avec un sourire.

— Pierre, parle-lui de la Filleule de la Mort ! insista le troisième client.

— Jeune homme, ce n'est pas contre les rochers et les arbres que j'essaie de vous mettre en garde, poursuivit l'aubergiste. C'est contre une créature que nous appelons ici la Filleule de la Mort. Par des nuits semblables à celle-ci, elle demande aux voyageurs de la laisser monter dans leur voiture et, au matin, on les retrouve morts. »

Jacques dévisagea les hommes qui l'entouraient : tous avaient l'air on ne peut plus sérieux. Puis il éclata de rire.

« Vous me prenez pour un idiot ! Je ne vais pas me laisser impressionner par une histoire de fantôme !

— La Filleule de la Mort n'est pas un fantôme ! l'interrompit Pierre d'une voix grave. Elle n'a que la peau sur les os, c'est presque un squelette. Et quand elle pose ses mains osseuses et griffues autour d'un cou... »

Jacques jeta sa serviette sur la table et repoussa sa chaise derrière lui.

« La soupe était délicieuse ! Et votre histoire très intéressante ! Je ne l'oublierai pas pendant mon voyage. »

L'aubergiste haussa les épaules et prit l'argent que Jacques lui tendait. Tandis que ce dernier se dirigeait vers la sortie, il lui lança :

« Bonne chance ! Et si quelqu'un vous supplie de monter dans votre voiture, surtout, ne vous arrêtez pas ! »

Le vent glacial assaillit brutalement Jacques tandis qu'il courait vers sa calèche. Il détacha les chevaux et grimpa sur le siège de sa voiture. Il releva la capote aussi haut que possible pour se protéger du froid, puis saisit les rênes, donna un coup de fouet à ses bêtes, et l'attelage prit la route de Mortefontaine.

Maintenant, la nuit était tombée, mais la pleine lune, entre deux nuages, éclairait suffisamment la route qui sinuait à travers les collines et les bois. Jacques se mit à fredonner pour se distraire de l'angoisse qui naissait en lui. Le froid vif ne tarda pas à engourdir ses mains, et ses bras se fatiguèrent à tenir les rênes. À cause de cette histoire racontée par l'aubergiste, il n'appréciait guère de se retrouver seul, en pleine nuit, sur cette route déserte.

De chaque côté, se dressait une épaisse forêt de sapins et de chênes immenses dont le vent avait dénudé les branches. De temps à autre, la calèche cahotait sur de grosses pierres blanches qui ressemblaient à autant de fantômes gisant sur la chaussée...

À Mortefontaine, un bon feu devait flamber dans la cheminée. Jacques donna un petit coup de rênes sur l'échine de ses chevaux pour les faire accélérer quand, soudain, les deux bêtes poussèrent un hennissement apeuré. Alarmé, Jacques regarda autour de lui et vit ce qui les avait effrayés : devant eux, sur le bord de la route, il y avait quelqu'un.

Il portait un châle noir sur la tête et tendait un bras effrayant de blancheur dans sa direction. La lumière blafarde de la lune dévoila un visage et Jacques put voir qu'il s'agissait d'une vieille femme. Elle lui faisait signe de s'arrêter.

Jacques repensa à l'histoire qu'il avait entendue à l'auberge. Il se rapprocha peu à peu de la vieille femme, mais, arrivé à sa hauteur, il ne tira pas sur les rênes, il passa son chemin !

Un air de déception se peignit sur le vieux visage fatigué, et Jacques songea à faire demi-tour. Il fallait avoir une âme bien insensible pour ne pas porter secours à une personne d'un grand âge, seule sur une route, par une nuit de grand vent...

Mais il n'en fit rien. Une petite voix lui chuchota de poursuivre son chemin.

Aussi fouetta-t-il furieusement ses chevaux et les lança-t-il au grand galop. Il se sentait ridicule mais il était pourtant content d'atteindre bientôt Mortefontaine.

Jacques tremblait de froid sur son siège tandis que les chevaux continuaient de galoper sur la route déserte. Brusquement, les rênes se tendirent. Les deux bêtes hennirent de nouveau et se cabrèrent au risque de renverser la calèche. Usant de toutes ses forces, Jacques parvint à les maîtriser. Quand elles se furent calmées, il se rassit sur son siège, le cœur battant à tout rompre, et tenta de reprendre son souffle.

C'est alors qu'il aperçut, sous la lumière laiteuse de la lune, au bord de la route, une jeune femme aux longs cheveux blonds, enveloppée d'une cape verte. Elle le regardait d'un air implorant.

« Monsieur, je dois me rendre à Mortefontaine... Mon cheval m'a désarçonnée et s'est enfui il y a deux heures environ. Je suis transie et exténuée... Vous êtes la première personne que je rencontre ! Je vous en supplie, ayez la bonté de me laisser monter dans votre voiture ! »

Jacques rapprocha sa calèche de la jeune femme. Il avait rarement vu un visage aussi ravissant, rarement entendu une voix aussi douce et raffinée.

« Ce sera un réel plaisir pour moi de vous conduire à Mortefontaine, dit-il en lui tendant la main pour l'aider à monter sur le siège. Je m'y rends moi-même cette nuit. Un ami m'y attend.

— Vous êtes vraiment aimable. Je n'aurais pas supporté de rester une heure de plus par ce froid glacial. »

Jacques détourna les yeux de ce beau visage, si proche du sien maintenant. Il fit claquer les rênes : les chevaux repartirent au petit trot.

Jacques essaya tout d'abord de poser quelques questions à sa passagère, mais elle semblait si timide et si réservée qu'il n'insista pas. Il réalisa qu'elle avait peut-être peur de lui, un étranger qui l'avait recueillie sur une route déserte.

Longtemps, ils gardèrent le silence. Parfois, Jacques tournait la tête de son côté. Elle se contentait alors de lui sourire, ses yeux brillant au clair de lune. Mais il ne tarda pas à remarquer sur son visage une expression dure qui subsistait même quand leurs regards se croisaient. Un peu plus tard, il eut l'impression qu'elle n'était pas aussi belle qu'il l'avait cru tout d'abord.

Concentrant son attention sur l'étroite et sombre route, il sourit. Sans doute était-ce la magie du clair de lune qui l'avait rendue si belle... Il l'observa encore une fois, et sursauta.

Le visage de la jeune fille ne paraissait pas si jeune que ça. Sa peau s'était fanée, ses cheveux avaient perdu toute leur blondeur : ils étaient devenus gris et ternes. Jacques prit les rênes d'une main, se frotta les yeux de l'autre. Il se sentit soudain mal à l'aise et fatigué. Il jeta un coup d'œil vers la femme qui le dévisageait. Il eut l'impression que ses yeux noirs s'étaient enfoncés dans les orbites et que ses os ressortaient, faisant saillie sous la peau.

Jacques ne put réprimer un frisson et reporta son attention sur la route. Quelque chose s'insinuait dans son esprit, qui le rendait de plus en plus nerveux. Il serra les dents. Selon ses calculs, il atteindrait Mortefontaine dans moins d'un quart d'heure. Il retrouverait son ami, il aurait quitté cette contrée de malheur...

Tout à coup, un fourmillement courut sur sa nuque, qui s'étendit à son corps entier. Il s'obligea à ne pas tourner la tête, mais il finit par céder à la tentation. Il jeta un rapide regard sur la femme.

Un squelette était assis sur le siège à côté

de lui, un squelette grimaçant un affreux sourire ! Jacques sut qu'il s'agissait de la Filleule de la Mort !

Terrorisé, il s'agrippa aux rênes. Deux mains décharnées jaillirent de la cape verte, se tendirent vers lui. À la seconde où elles se plantaient dans son habit, il lâcha les rênes et se protégea le cou de ses mains. Mais la Filleule de la Mort l'empoigna à bras-le-corps et il eut le plus grand mal à résister à cette étreinte mortelle. Les chevaux se cabrèrent, puis reprirent leur course folle sur la route déserte.

Soudain, les doigts osseux et griffus enserrèrent le cou de Jacques. Sa respiration se fit difficile, saccadée. Le visage hideux se colla contre le sien. Il rassembla le peu de force qui lui restait, et réussit à écarter ces mains qui tentaient de lui ôter la vie.

La Filleule de la Mort chancela, mais sourit encore. Et elle revint à l'attaque. Jacques la saisit par ses poignets osseux, se redressa d'un coup, et l'arracha violemment du siège pour la pousser hors de la voiture. La Filleule de la Mort tenta de se retenir à un crochet à l'arrière de la calèche, et tomba sur la route avec un cri à vous glacer les sangs.

À demi conscient, Jacques retomba sur son siège et laissa ses chevaux filer droit devant eux, vers Mortefontaine.

« Jacques ! C'est bien toi ? » demanda une voix.

Jacques entrouvrit les yeux et vit son ami qui le regardait, l'air inquiet.

« Jacques, qu'est-ce qui se passe ? Tes chevaux sont venus jusqu'ici, mais toi, tu étais évanoui. Tu es malade ?

— La Filleule de la Mort..., murmura Jacques.

— Arrête de dire des âneries ! s'exclama son ami.

— La Filleule de la Mort... Elle a essayé de me tuer.

— Tu as entendu parler de cette vieille superstition ? lança son ami en l'aidant à mettre pied à terre. Les gens d'ici la racontent pour effrayer les voyageurs. »

Jacques leva la tête vers la lune. Avait-il rêvé ? Sans doute... Il reposa les yeux sur son ami et lut sur son visage la plus grande des épouvantes.

Alors il suivit son regard jusqu'à la calèche. Là, sur le crochet auquel elle avait tenté de se retenir, restait suspendue la main blanche et osseuse de la Filleule de la Mort !

LE CHARMEUR DE SERPENTS

Marie était assise dans un grand fauteuil d'osier sous la véranda de la nouvelle maison de ses parents. Autour d'elle, allaient et venaient des serviteurs empressés à satisfaire le moindre de ses souhaits : ils ajoutaient des glaçons dans son jus de fruits, lui apportaient un livre, des gâteaux, la comblaient d'attentions. Pourtant, Marie ne semblait pas contente. En fait, elle n'aimait ni cet endroit ni la vaste demeure située à la périphérie de Kampur, une petite ville de l'Inde, où son père avait été envoyé pour une mission scientifique qui devait durer trois ans. Depuis leur arrivée, un seul mois s'était écoulé. Il avait semblé une éternité à Marie.

La chaleur humide lui donnait des malaises, les odeurs fortes et épicées de la nourriture lui coupaient l'appétit et, à la vue de tous ces insectes qui grouillaient dans la maison, elle poussait des cris de répulsion.

Installée devant une petite table sous la

véranda, Marie se libérait de sa colère accumulée dans une lettre destinée à Sophie, sa meilleure amie.

Tandis qu'elle écrivait, elle perçut soudain des sons étranges qu'elle n'avait jamais entendus jusqu'alors. C'était une musique très lente, comme une plainte... Une sorte de mélopée, jouée peut-être par une flûte ou un instrument du même genre.

Depuis quand avait-elle commencé ? Elle n'aurait su le dire. Mais, dès l'instant où elle la perçut, elle n'entendit plus qu'elle.

Marie jeta son stylo sur la table, quitta son fauteuil et se dirigea vers la porte de la véranda qui donnait sur la route, ou plutôt sur un chemin couvert de poussière et peu fréquenté. Elle regarda dehors et fut stupéfaite par ce qu'elle vit.

Assis par terre, un vieil homme en haillons se balançait d'avant en arrière tout en jouant sur sa flûte cette musique lancinante qu'elle avait entendue. Les notes aiguës de la mélodie se répétèrent encore et encore. Marie s'apprêtait à demander à l'homme de s'en aller quand elle remarqua, devant lui, un panier d'osier. Par un trou du couvercle, un hideux cobra ondulait au rythme de la musique !

À la vue du serpent, Marie hurla : elle avait toujours eu une peur panique des serpents. L'homme leva ses yeux noirs sur elle, et continua à jouer pour son cobra.

Elle se précipita dans la maison, ordonna aux serviteurs de le chasser au plus vite. Mais tous s'y refusèrent d'un signe de tête en murmurant que cela pourrait leur porter malheur.

Marie regretta que ses parents ne soient pas là. Ils étaient partis trois jours pour une expédition scientifique. Elle retourna sous la véranda et, depuis la porte de celle-ci, cria au vieil homme de déguerpir.

Il sembla ne pas l'entendre. Imperturbable, il continua à jouer de la flûte. Marie l'apostropha de nouveau et lui fit de grands signes de la main. Enfin, il cessa de jouer et de se balancer d'avant en arrière. Mais ce fut pour la dévisager de ses yeux noirs, insondables. Dans le même temps, le cobra arrêta d'onduler au-dessus du panier, puis tourna la tête vers elle. De son regard diabolique et froid, il parut vouloir graver dans sa mémoire les traits de Marie. Épouvantée, elle s'enfuit, se réfugia dans la maison. Et aussitôt, la mélopée lancinante reprit.

Elle ne s'interrompit pas de tout le dîner. Elle se prolongea même tard dans la soirée. Lorsque Marie monta dans sa chambre, la flûte du charmeur de serpents résonnait encore. Elle imagina le cobra ondulant au rythme de la musique. Après s'être tournée et retournée pendant des heures dans son lit, incommodée qui plus est par la chaleur moite de l'air, elle sombra enfin dans un sommeil agité.

À son réveil, Marie remarqua aussitôt que le silence était revenu. Elle courut à la fenêtre de sa chambre qui donnait sur la route. Là, assis par terre, se tenait toujours le charmeur de serpents. Dès qu'il la vit, il reprit sa flûte et se remit à jouer. La mélodie entêtante traversa la baie vitrée jusqu'à Marie, envahissant son esprit.

Pendant le petit déjeuner, Marie perdit patience. Elle exigea de ses serviteurs qu'ils chassent le charmeur de serpents. Hélas, une fois de plus, ils s'y refusèrent. Ils essayèrent de lui expliquer qu'il avait des pouvoirs surnaturels, mais elle refusa de les croire. Elle courut se réfugier au plus profond de la maison, pour échapper à cette musique insupportable. En vain ! Elle parvenait jusqu'à elle, où qu'elle fût.

Elle resta enfermée toute la matinée, tout l'après-midi. Et peu avant le dîner, n'y tenant plus, elle se rendit sous la véranda, ouvrit la porte et cria au vieil homme :

« Je vous donnerai de l'argent si vous partez ! C'est bien ce que vous voulez ? »

L'homme joua quelques minutes encore, puis s'arrêta et la regarda.

« Donnez-moi plutôt quelque chose qui vous appartient ! répondit-il en découvrant des dents jaunâtres, une mèche de vos cheveux d'or... »

Juste à ce moment, le cobra tourna la tête

vers Marie. Elle referma précipitamment la porte, fit demi-tour, se rua dans la maison. La musique jouait-elle de nouveau ? Elle était si présente dans son esprit que Marie ne pouvait plus faire la part du réel et de l'imaginaire.

Elle passa une seconde nuit agitée, à se cacher la tête sous son oreiller pour ne plus entendre l'air obsédant.

Elle se réveilla très tard le lendemain matin. À peine se leva-t-elle que la flûte du charmeur de serpents retentissait. Elle n'était pas sûre de pouvoir la supporter longtemps encore.

Elle s'assit devant le miroir de sa table de toilette et commença à coiffer sa longue chevelure blonde. C'est alors que le souhait du vieil homme lui revint en mémoire. Elle prit une mèche de ses cheveux ; il lui répugnait de la couper. Mais, si cela pouvait la délivrer de cet homme et de son effroyable musique, mieux valait s'y résoudre.

Elle chercha des ciseaux dans ses tiroirs. En vain ! Alors, elle ouvrit son armoire. Peut-être y en avait-il parmi ses jouets d'enfant, ces jouets qu'elle avait apportés dans ce lointain pays pour se sentir moins seule. Elle finit par en trouver dans une boîte remplie de crayons et de papiers multicolores. C'est alors que quelque chose attira son attention : une poupée que sa mère lui avait offerte pour ses six ans. Sur ses épaules ondulaient de longs cheveux blonds. Des vrais ! Sa mère le lui avait assuré à l'époque.

Marie alla se planter devant son miroir avec la poupée, rapprocha ses cheveux des siens. Ils étaient exactement du même blond !

Elle posa la poupée sur le lit, coupa une mèche de la chevelure et quitta à toute allure sa chambre. Elle courut jusqu'à la véranda et appela le charmeur de serpents. Il continua de jouer jusqu'au moment où elle lui montra la mèche blonde. Alors seulement il posa sa flûte et vint la chercher.

Marie vit le regard étrange qu'il lui jeta en saisissant la mèche. Elle vit le cobra la fixer de ses yeux diaboliques. Puis le serpent ouvrit grande sa gueule sur ses deux crocs menaçants.

« Partez maintenant ! » hurla-t-elle, et elle s'enfuit.

Toute la journée, la maison demeura parfaitement silencieuse. Peu avant le dîner, Marie reçut la visite d'un ami de sa mère. Il lui annonça que ses parents rentreraient cette nuit même. Pour la première fois depuis son arrivée à Kampur, Marie se sentit heureuse. Elle était débarrassée du charmeur de serpents et de sa musique ; bientôt sa mère et son père seraient près d'elle.

Ils arrivèrent plus tard que prévu, longtemps après le dîner, au moment où elle s'apprêtait à aller se coucher. Elle les embrassa très fort, puis attendit qu'ils lui offrent les cadeaux qu'ils avaient promis de lui apporter. Juste après avoir défait les paquets, elle leur raconta le calvaire qu'elle avait enduré.

« Comment as-tu réussi à le faire partir ? demanda sa mère.

— Il voulait une boucle de mes cheveux. Je lui ai donc donné une boucle de cheveux !

— Non, Marie ! s'écria son père. Tu n'as pas fait ça ! Pas à un homme comme lui !

— Si... Je lui ai donné une mèche de cheveux de... »

Elle ne put finir sa phrase. Son père courait déjà vers sa chambre ! Elle s'élança derrière lui en essayant de lui expliquer ce qui s'était passé, mais il ne l'écouta pas. Il s'engouffra dans la pièce. Marie le rejoignit au moment où il appuyait sur l'interrupteur. Tous deux s'arrêtèrent net, horrifiés, fixant quelque chose sur le lit.

La poupée aux cheveux blonds de Marie était toujours sur le couvre-lit. Et, enroulé autour de son cou, dans une étreinte mortelle..., il y avait le cobra aux yeux diaboliques du charmeur de serpents.

LA CHASSE AU DAHU

Les douze garçons étaient assis autour du feu de camp et faisaient griller des brochettes. Leur visage était éclairé par les flammes dansantes. Les plus âgés paraissaient détendus et sûrs d'eux, mais les quatre plus jeunes semblaient anxieux. Cette nuit, ils subiraient l'épreuve.

Julien, qui n'avait que onze ans, était le plus jeune du groupe. Éric, Paul et Stéphane en avaient déjà douze, mais ils allaient vivre aussi, cette nuit, leur épreuve d'endurance. En cas de succès, ils deviendraient membres du club à part entière.

« À ton avis, qu'est-ce qu'ils vont nous faire ? chuchota Julien à Stéphane, assis à côté de lui devant le feu.

— Je ne sais pas. Demande à Paul. Son frère est dans le club depuis longtemps. »

Julien se tourna vers Paul.

« À ton avis, qu'est-ce qu'ils vont nous faire ? répéta-t-il à voix basse.

— J'ai surpris des bribes de conversation... Il était question d'une chasse au dahu, murmura Paul.

— Une chasse au dahu ? Qu'est-ce que c'est ? »

Avant que Paul ne le lui explique, Marc, l'un des chefs, prit la parole. Chacun l'écouta avec attention.

« Mes amis, je dois vous prévenir... Ces bois sont loin de toute civilisation, déclara-t-il. Nous sommes seuls ici et livrés à nous-mêmes. Nous devons donc faire très attention. Personne ne sait exactement quels animaux rôdent par ici. Des loups ? Des ours ? Des lynx, qui sait ? Nous, nous avons dîné... Mais eux ? »

Julien jeta un coup d'œil nerveux sur Stéphane. Il semblait lui aussi prendre ces paroles très au sérieux...

« Autre chose ! ajouta Marc. J'ai entendu une information à la radio, juste avant de partir de chez moi ce matin. J'ai hésité à vous en parler, mais je crois de mon devoir de le faire. Un assassin s'est évadé de la prison de Villeneuve il y a trois jours. La police ne l'a pas encore attrapé, mais elle sait qu'il s'est dirigé vers le nord-ouest. En supposant que ce dangereux individu puisse parcourir une vingtaine de kilomètres par jour..., vous imaginez où il a pu se réfugier !

— Mais nous sommes à soixante kilomètres

environ au nord-ouest de Villeneuve ! réalisa Stéphane.

— Tout à fait exact ! approuva Marc. Bon, maintenant que vous êtes là, vous n'allez quand même pas vouloir rentrer à cause d'un assassin en cavale. »

Julien remarqua que ses mains tremblaient : sa brochette s'agitait au-dessus des flammes. Il avait même oublié de la retourner : elle était à demi brûlée !

« Je vous le répète, soyez prudents, et n'oubliez pas de me signaler le moindre détail anormal ! » conclut Marc.

À cette seconde, un claquement sec retentit derrière eux. Les plus jeunes sursautèrent et se retournèrent vivement.

« Qu'est-ce que c'est ? » murmura Julien.

Ses camarades plus âgés éclatèrent de rire.

« Que t'arrive-t-il, mon petit ? demanda un certain Brice. Tu as la frousse, déjà ?

— Il est trop tôt pour avoir peur ! dit Marc. Allez, les gars, il est temps de partir à la chasse au dahu. Filez dans vos tentes chercher vos torches. Je vous donne cinq minutes. »

Les quatre garçons s'éloignèrent du feu de camp et marchèrent dans la nuit froide vers leurs tentes. La pleine lune éclairait suffisamment leur chemin, mais les ombres mouvantes des arbres ne leur permettaient pas de voir plus loin que le sentier. Ils prirent en vitesse leurs torches dans leurs sacs à dos et revinrent vers les autres.

« Tu crois qu'il disait la vérité, à propos de cet assassin ? demanda Julien à Paul.

— Je n'en sais rien. De toute façon, je ne veux pas le savoir !

— Vivement que l'épreuve soit terminée ! » souffla Éric.

Marc les attendait près du feu de camp. Il tenait à la main quatre sacs de toile munis d'une grosse corde.

« Vous vous en servirez pour attraper le dahu, déclara-t-il en les leur tendant.

— Mais comment on saura que c'est le dahu ? s'inquiéta Éric. À quoi elle ressemble, cette bête ?

— Ne vous inquiétez pas : vous la reconnaîtrez lorsque vous la verrez ! Bon, maintenant, écoutez-moi bien. Je vais vous expliquer les règles de la chasse. »

Leur sac de toile dans une main et leur lampe de poche dans l'autre, les quatre garçons ne dirent plus mot.

« Chacun d'entre vous va partir dans une direction différente. Comptez le nombre de pas que vous faites et, à deux cent cinquante, arrêtez-vous. Vous serez suffisamment loin du feu de camp. Vous savez, le dahu est un animal intelligent. Il ne s'aventure jamais près d'un feu.

— Et les lampes, on en fait quoi ? demanda Julien. Elles risquent de lui faire peur... »

Les copains de Marc pouffèrent de rire, mais ce dernier leur ordonna de s'arrêter. Puis il ajouta :

« N'utilisez vos torches que pour parcourir les deux cent cinquante pas. Après, éteignez-les et attendez.

— Pendant combien de temps ? s'inquiéta Stéphane.

— Jusqu'à ce que je vous rappelle avec ce sifflet ! »

Il donna trois coups de sifflet très brefs, suivis de trois autres, plus longs.

« Encore des questions ? »

Très inquiets, les quatre garçons se regardèrent.

« À propos des animaux dont tu as parlé pendant qu'on mangeait... Qu'est-ce qu'on fait si on en rencontre un ? demanda Paul.

— Et si on voit l'assassin ? » ajouta Julien dans un souffle.

Pour toute réponse, Marc haussa les épaules, consulta sa montre, puis annonça :

« Il est l'heure de vous mettre en route. N'oubliez pas : deux cent cinquante pas, et ensuite, vous éteignez vos lampes ! »

Julien jeta un coup d'œil sur Paul, Stéphane et Éric. Ils avaient tous l'air aussi épouvantés que lui. Presque aussitôt, Marc ordonna à Stéphane de marcher droit vers le nord, à Éric vers l'est et à Paul, vers l'ouest.

« Toi, Julien, tu vas plein sud. »

Ce dernier avala difficilement sa salive, alluma sa lampe et se dirigea vers le sud. Il commença à compter ses pas. D'abord, il fit de longues enjambées, puis en fit de plus en plus petites. Une façon comme une autre de ne pas trop s'enfoncer dans le bois !

Au bout de cent pas, il se retourna pour la première fois. Le feu de camp n'était plus qu'une vague lueur jaune au loin. Il braqua sa torche droit devant lui, et se remit à compter. Les feuilles mortes craquaient sous ses chaussures. À plusieurs reprises, il se prit le pied dans des racines et faillit s'étaler de tout son long. Dérangés par la lumière qui perçait les ténèbres, des animaux s'enfuyaient. Soudain, un hibou passa devant la lune : son ombre sembla s'abattre sur Julien.

Deux cents pas. Il se retourna. Le rideau d'arbres masquait désormais complètement le feu de camp. Il n'entendait plus les voix ni les rires de ses camarades. Il redouta que les coups de sifflet de Marc ne puissent parvenir jusqu'à lui...

Encore cinquante pas à faire ! Un... Deux... Trois... Il avait de plus en plus de mal à avancer. Enfin, il prononça les mots : « Deux cent cinquante ». Aussitôt, il promena le faisceau de sa torche sur l'endroit où il venait de s'arrêter. C'était une petite clairière recouverte d'un épais tapis de feuilles mortes.

À la lumière de sa lampe, il découvrit une grosse souche à trois mètres de lui. De hauts noyers blancs d'Amérique qui dressaient leurs longues branches vers le ciel entouraient la clairière. Elles ressemblaient à s'y méprendre à des bras de squelettes géants !

Julien éteignit alors sa torche et se tapit sur le sol. Il prit son sac à deux mains et attendit. La chasse au dahu venait de commencer pour lui !

Au-dessus de sa tête, le vent faisait craquer bizarrement les branches. Julien attendit, attendit... À un moment, une ombre se profila à proximité de la souche. Il resta cloué sur place, incapable de deviner s'il s'agissait de celle d'un homme ou d'un ours. Heureusement, elle disparut.

Les mains de Julien s'engourdissaient autant à cause du froid que de la fatigue. S'il devait rester seul ici une minute de plus, il allait devenir fou... »

Soudain, un étrange bruit s'éleva du côté de la souche, une sorte de cri strident. Il scruta la pénombre et aperçut une forme gris pâle qui se dirigeait vers lui. De toute évidence, c'était un animal ! Il avançait en se dandinant et en continuant à pousser des cris.

Julien n'avait jamais vu une bête comme celle-ci. À coup sûr, c'était le dahu !

Il s'accroupit, se pencha en avant, ouvrit son sac dans la direction de l'animal. Il retint son souffle lorsqu'il se glissa dedans. Alors, vite, très vite, il noua la corde autour du sac.

Une minute plus tard, trois brefs coups de sifflet, suivis de trois longs, déchirèrent la nuit. Julien ramassa sa lampe et courut à toutes jambes vers le nord. Quand le dahu, sans doute affolé, se remit à crier, il s'efforça de tenir le sac aussi éloigné que possible de lui.

À bout de souffle, haletant, Julien apparut dans la lumière du feu de camp. Tout le monde l'attendait, même Paul, Stéphane et Éric, revenus avant lui de leur épreuve.

« On croyait que l'assassin t'avait enlevé ! » plaisanta Marc.

Les autres garçons rirent aux éclats. Julien, son sac à la main, n'eut pas le moindre sourire. Il attendait que Marc lui parle du dahu. Or le garçon n'eut pas un regard pour le sac.

« Je suis fier de vous quatre, déclara-t-il. Vous n'êtes vraiment pas des poules mouillées ! Vous avez tous passé le test avec succès, vous êtes désormais membres du club à part entière !

— Mais... le dahu ? se risqua à demander Julien.

— Ce n'était qu'une blague ! Il n'existe pas ! avoua Brice.

— Au fait, qu'est-ce qu'il y a dans ton sac ? interrogea Marc.

— Le dahu ! »

À cette seconde précise, l'animal poussa son cri étrange.

« Il a capturé quelque chose ! s'écria Stéphane. Regardons ça de plus près ! »

Les uns et les autres entourèrent Julien.

« Vide le sac dans ce grand carton ! » conseilla Marc.

Avec précaution, Julien le retourna au-dessus de la boîte, défit la corde. Alors, sous les yeux de tous, lentement, l'animal se coula dedans. À peine fut-il au fond qu'il leva la tête vers les garçons et poussa un long sifflement suivi d'un cri strident.

Tous reculèrent d'un pas.

« Qu'est-ce que c'est ? demanda Brice.

— Une drôle de bestiole ! repondit Marc. Je n'en ai jamais vu une pareille ! »

Les garçons regardèrent de nouveau l'animal. Son petit corps trapu était couvert d'une fourrure grise, presque rase. Ses pattes se terminaient par des griffes blanches acérées, sa queue était déchiquetée au bout. Mais sa tête, surtout, avec ses deux longues oreilles pointues dressées et sa bouche d'où dépassaient quatre longues dents acérées, était des plus bizarres.

« On dirait qu'il vient de naître, murmura Marc. Il a encore les yeux fermés...

— Regardez ! Il essaie de les ouvrir ! » cria Julien.

Une seconde plus tard, il les ouvrait ! Ils étaient orange et brillaient dans la nuit.

« C'est un dahu ? s'inquiéta Julien.

— Je ne sais pas, réplique Marc. Personne n'en a jamais vu un puisque c'est une invention, juste pour faire peur. Brice te l'a dit.

— Alors, qu'est-ce que c'est ? » s'énerva Stéphane.

L'animal se mit à crier, de plus en plus fort, exhibant ses quatre dents en lame de couteau. L'un après l'autre, les garçons, gagnés par l'angoisse, s'éloignèrent de la boîte.

« Qu'est-ce que c'est ? demanda tout à coup Brice en se tournant vers le bois. J'ai entendu quelque chose, là-bas...

— Moi aussi, dit Paul. Je l'ai entendu ! »

Les garçons se turent tandis que, dans le carton, l'animal criait de plus belle. C'est alors que, provenant de différentes parties du bois, le même cri lui répondit en écho.

« Qu'est-ce qu'on va faire ? demanda Julien.

— Je n'en sais rien ! » reconnut Marc. Il paraissait aussi effrayé que ses amis.

Les appels se répétèrent, de plus en plus stridents, de plus en plus menaçants. Et les feuilles mortes, sur le sol, commencèrent à bruire. Les garçons se serrèrent les uns contre les autres près du feu de camp.

Soudain, Julien hurla en montrant les bois. Dans la pénombre des arbres, luisaient deux yeux orange, semblables à ceux du petit animal prisonnier, mais en plus gros. À son tour, Stéphane poussa un hurlement et désigna le côté opposé de la clairière. Les garçons se retournèrent et découvrirent deux autres yeux orange qui scintillaient dans la nuit. Et puis ils en virent des dizaines d'autres, des centaines d'autres...

Dans le carton, l'animal lâcha un cri venu du plus profond de sa gorge. Dans le bois, le même cri lui répondit : un cri de cauchemar.

Marc se pencha vers Julien. Il était blême.

« Tu as raison. Tu as attrapé un dahu. »

Puis il reporta son regard sur tous ces yeux qui perçaient la nuit de leur éclat orange. Ils brillèrent avec plus d'intensité encore, et se rapprochèrent des douze garçons blottis les uns contre les autres près du feu de camp...